权力清单

三十六条

简平 著

浙江出版联合集团·杭州
浙江文艺出版社

目 录

001　引　言　前方巨大的光亮

011　第一章　山林在呜咽

　　　　　　一纸判决的背后

　　　　　　飞来飞去的苍蝇

027　第二章　编织制度的笼子

　　　　　　新"开游日"

　　　　　　"红绿灯"：大道至简

　　　　　　《三十六条》

047　第三章　一步都休想走歪

　　　　　　一个人的"凤凰涅槃"

　　　　　　追回25万元扶贫款

069　第四章　重新发现村里的主人

"政治待遇"

出纳换不换由谁说了算

087　第五章　实践是最好的学习

一次"不成功"的村民代表会议

开会也得立规矩

他被通报批评了

113　第六章　这里只相信阳光

村监会有了落脚点

打通"最后一公里"

"最多跑一次"

丰富的民主形式

151　第七章　永远在路上

升级版关键词：获得感

意想不到的"尾声"

175　附　录　宁海县村级小微权力清单三十六条

引 言

前方巨大的光亮

当我在宁海的乡村里留下许多的脚印之后，我想说，毫无疑问，在那里，我真的看到了前方巨大的光亮。

没有人怀疑，中国大地最辽阔的是农村，农村是中国最为深沉的基础层面，是中国社会的基石。也没有人会说不关心农村，农村几乎与我们所有的人都有着难以分割的关系，即使身在大都市：你既不能抹去如一位诗人所说的作为哲学的乡愁，也不能避免与数以百万计的进城"农民工"摩肩接踵，更不消说生活中的日常吃用都与农村息息相关。但很多时候，我们并没有太大的视域，并没有太大的情怀，浮光掠影中，泛起于心头的关于农村的主题，无外乎是现代化进程中乡村的失落。在人云亦云中，一个基本的事实被遮蔽了：尽管时代的变迁导致原有乡村概念以及乡村面貌的改变，可中国的农村并没有消失，依然运行在广袤的大地上，即便有众多的农民拥向城市，但农村依然是他们的大本营。而更不为人所知的是，今天，中国的农民正做着一件足以影响这个国家未来的事情——建设新的基层政治文明生态，有效施行法律规定的民主选举、民主决策、民主管理和民主监督，实现从"为民作主"到人民群众"当家作主"的根本转型。

中国共产党第十八次全国代表大会以来，党和国家以刮骨疗毒、壮士断腕的勇气，加大了反腐败的强度和力度，铁拳过处，"大老虎"应声倒地。与此同时，"小官大贪"的现象也浮出水面，在农村，小微权力的失控使一些村干部为所欲为，贪得无厌，"村霸"的横行让人民群众深恶痛绝，因此，反腐败的铁拳当然也挥向了"小苍蝇"。但是，要从根本上铲除腐败，最关键的莫过于加强对权力运行的制约和监督，把权力关进制度的笼子里，形成不敢腐的惩戒机制、不能腐的防范机制、不易腐的保障机制。有了制度的保障，所有的权力运行都放在了阳光底下，那么，"大老虎"也罢，"小苍蝇"也罢，才不会有滋生蔓延的土壤。因此，制度的建设极其重要，而当党和国家致力于顶层设计的时候，中国最为广泛的乡村基层能否有所作为呢？

2020年，我国农村将终结贫困。在我看来，其实，贫困不仅仅只是物质层面的，也是精神层面的，精神的脱贫与物质的脱贫应齐头并进，可能这更为艰难，更为深远，也更有意义。可以想见，物质生活上脱贫后的农民必将有精神生活上的期待和追求，他们在民主、法治、公平、正义、安全、环境等方面的需求必然日益增长。对人民群众的此类需求，任何低估都是危险的。人民群众对美好生活的向往只会不断地攀升、丰沛，不会止步于温饱的解决，如果精神上的期待和追求不能满足，那么，物质生活的返贫也不是危言耸听。2020年就在触手可及的前方，因此，前瞻性的精神层面的开拓和提升已时不我待。美好生活的一个尤为重要的度量，便是尊严：物质上不因贫穷拮据而折腰，精神上不因主人翁地位的缺损而抬不起头来。

那我们准备好了吗？

2016年，仲春时节，我第一次前往浙江省宁波市所辖的宁海县，我去那里是想实地踏访当地一项已经开展了两年的具有开创性意义的工作。事实上，我最早获得的相关信息相当模糊，只听说了一个大概，所以，当我给主持实施这项工作的时任中共宁海县委常委、纪委书记李贵军打电话询问相关情况时，我甚至都说不上来这项工作的具体名称。一周后,我在上海收到了中共宁海县纪委寄来的《宁海县村级权力清单三十六条》。这是一本巴掌大的可以装进口袋的薄薄的小册子,一共只有三十多页,却涵盖了村级重大决策、村级采购、村级集体资源和资产管理等村级公共管理事项方面的19条权力,以及村民宅基地申请、村民救助救灾款申请、计划生育服务等村级便民服务事项方面的17条权力,并且每一条都有详尽的一目了然的权力运行流程图。用一句话说,村干部哪些该做,哪些不该做,该做的怎么做,一清二楚。仔细地读完这份权力清单,我异常亢奋。虽说窗外天色阴沉,雾霾深重,但我内心一片清澄朗阔。我想,有了这份权力清单,那便真正做到了"把权力关进制度的笼子里,让权力在阳光下运行",还权于民,权为民所用,村干部的权力因制度而被规范和制约,一切涉及权力的运作完全公开透明,都受到瞪大眼睛的村民们的监督。村干部不能自说自话,不能暗箱操作;而村民们则可以真正行使参与决策、监督的权利,得以扬眉吐气。那么,人民群众当家作主就能落到实处了。

我拿着这本轻薄的小册子,却感受到它的千钧重量。我非常清晰地意识到这份村级权力清单对于中国农村乃至整个中国社会未来行进方向的特殊价值。

但是，这毕竟只是纸上文字，真实的状况究竟是怎样的呢？

我承认，我将信将疑。

于是，我决定前往踏访，我要用自己的眼睛去探察、去审视，用自己的大脑去判断、去分析。

这一去，便是一年半载。

当我在宁海的乡村里留下许多的脚印之后，我想说，毫无疑问，在那里，我真的看到了前方巨大的光亮。

2015年6月，在中国共产党浙江省第十三届委员会第七次全体会议上，建立健全村级事务权力清单被列入《中共浙江省委关于全面加强基层党组织和基层政权建设的决定》。当月，全国农村基层党建工作座谈会在浙江省杭州市召开，中央组织部专门印发了《浙江省农村基层党建工作经验做法》，又将宁海县在全国首创的建立村级事务小微权力清单列入其中，向全国推广。

2017年年初，《宁海县村级权力清单三十六条》送达中央全面深化改革领导小组；4月，《宁波市推进农村"小微权力"清单制度》被列入改革情况交流通报，显示了这项创造性工作所具有的示范意义。

5月23日，中共中央总书记、国家主席、中央军委主席、中央全面深化改革领导小组组长习近平主持召开中央全面深化改革领导小组第三十五次会议。他在会上强调了各个领域改革试点工作的重要性：抓好试点对改革全局意义重大；试点是重要改革任务，更是重要改革方法；要通过试点探索改革的实现路径和实现形式，为面上改革提供可复制可推广的经验做法。这次会议让我深刻地认识到，示范性试点承担着走出困局、打破僵局、拓展全局的重要使命。

2018年2月，《中共中央 国务院关于实施乡村振兴战略的意见》发布，对实施乡村振兴战略进行了全面部署，宁海县首创的推行村级小微权力清单制度被写入其中。

习近平总书记在中国共产党第十九次全国代表大会上所作的报告中指出："时代是思想之母，实践是理论之源。""实践没有止境，理论创新也没有止境。"

我想把我耳闻目睹的宁海县在政治生态建设和乡村治理方面的实践创新和制度创新用文字记录下来。当开始本书的写作时，我感到一种前所未有的责任感和使命感。乡村振兴战略的号角已经吹响，我希望人们能通过我的这本书，感受到当代中国农村正发生着的动人心魄的变革，感受到当代中国农民最为热诚、最为深切、最为努力的追求和奋斗,并与我一样,看到闪烁于人类高地的文明之光、理想之光、希望之光。

第一章

山林在呜咽

山崩林毁,风过处,听得见大地的呜咽。

一纸判决的背后

2014年10月15日，宁海县人民法院对潘一敏非法占用农用地一案作出判决：拘役六个月，缓期六个月执行，并处罚金人民币六千元。

站在被告席上的潘一敏听到判决后没有说话，有人看见他的脸颊抽搐了一下。

这个案子应该追溯到2011年。

潘一敏正值壮年，虽说年龄不大，但在桥头胡街道潘家岙村却已做了很长时间的党支部书记。

潘家岙村是个滨海小村，背山面海，全村现有390人，141户人家。这个村子历史悠久，南宋宝庆、绍定年间便有潘姓大族迁徙于此。村里的潘氏宗祠和古戏台十分精美，抬梁重檐，镂空彩绘，古韵盎然，系全国重点文物保护单位。随着人口和经济的增长，村民宅基地紧张的问题日趋突出。2011年5月17日，潘一敏主持召开村党支部委员会和村民委员会（简称"两委"）联席会议，专门讨论这一问题。就是在这次会议上，潘一敏和时任村主任拿出了一个他们认为操作起来最为简便易行的解决方案，那就是向山林要地。会议进行得很顺利，其他参会者早就习惯了什么都由村干部说了算，没人提出反对意见，最后决定采挖该村露西岙林地山体石方用于填海造地。

潘一敏心情松弛，但他怎么也没有想到这次会议会是他人生的滑铁卢，最终竟把他送上被告席。

根据国家法律规定，开挖山林必须经过林业主管部门审批，但潘一敏全然不顾，会后即擅自将采挖露西岙林地石方工程承包给泮某某。2012年7月至11月，泮某某组织人员在露西岙林地采挖石方。其间，宁海县农林局得到消息后，向潘家岙村送达《停止使用林地通知书》，责令即行停止非法占用林地的行为，但潘一敏他们却置若罔闻。据林业工程师现场勘查和鉴定，露西岙林地山体石方采挖面积达11.5亩，导致山林损毁，满目疮痍，原有植被被完全破坏。

公安部门依法立案。2014年1月2日，潘一敏主动向公安机关投案自首。宁海县人民检察院遂提起公诉，作为责任人之一的潘一敏被追究刑事责任。

2015年12月24日，中共宁海县纪委依据《中国共产党纪律处分条例》，给予潘一敏开除党籍处分。

无独有偶。

时间往前推移十年。

2004年4月，宁海县桑洲镇里山季村时任村主任季书立与其他几名村干部商定，将本村的荒山承包给戴某某种植杨树。村民们非但对荒山承包之事不知内情，而且还被季书立召集到山上种树。

4月10日上午，季书立在组织村民种树过程中，因山上柴草过于茂盛，即安排村民炼山。所谓炼山，是一种通过火烧来清理林地的营林措施。虽然这是传统的做法，但由于容易引起地力衰退、物种减少、水土流失、空气污染，为保护生态环境和林业的可持续发展，现在炼山基本已被新的科技手段所替代。桑洲镇森林防火巡查人员发现情况后，即行制止，镇领导也找到季书立，向他明确强调禁止炼山。可是，季书立却阳奉阴违。

4月19日下午，他再次组织村民在村外斗门岩炼山，并安排季某烧上横路下荒地里的杂草，结果因防范不周，火势蔓延至上横路顶的山林，引发山林火灾。经现场勘查，火灾过火面积达662亩，其中，烧毁森林面积达

587 亩。

2004年8月30日，季书立因失火罪被宁海县人民法院判处有期徒刑三年，缓刑四年；同年12月8日，中共宁海县纪委决定给予季书立开除党籍处分。

山崩林毁，风过处，听得见大地的呜咽。

我在读法院对潘一敏一案的判决书时，总是想起有人说的潘一敏那抽搐了一下的脸颊。我揣测，他非但后悔，或许还有一些委屈，就像桥头胡街道纪律检查工作委员会在一份关于潘一敏土地违法案例剖析材料中所写，一些村干部法制观念淡薄，觉得做村里的工作就得用土办法、土政策，以能把事情摆平作为标准，将国家法律法规弃置一边，而一些村民则认为只要这个村干部做的事情是为村民考虑的，没有存在私心，也没有将集体的钱装进自己的腰包，即使违反法律法规，也属于好心办坏事，是可以被原谅的。事实上，潘一敏也一直以这样的理由为自己辩护："我以为只要两委会通过就行了。"季书立在法庭上也强调说，承包荒山是村干部的"集体决定"。

由此可以看到，村干部在行使权力时，潜意识中已经习惯于一个人说了算，即使经过两委会集体讨论，也只是一种放大了的自说自话，根本无须听取村民们的意见，根本无视村民们的存在。于是乎，用权一句话，决策一言堂，花钱一支笔。有权就任性，正是由于可以一人独断，因此村干部自我膨胀，连国家的法律法规都可弃置不顾。当一个人说了算成为村干部普遍的习惯后，那无法无天也就可能成为乡村治理中常见的状态。如果能弥补现行乡村治理上的缺陷，有更健全的制度制约，结束这种一个人说了算的局面，倒是可以保障村干部不去碰触法律的底线，潘一敏和季书立也许就不会站在被告席上被追究法律责任。

即便是潘家岙村那个精美的古戏台，在上演剧目时都有许多的禁忌，譬如：出海捕鱼期间禁演《水漫金山》，只能表演在龙王调和下的风雪雷电的《四将通和》，那更不消说，在现代社会，尤其是现代政治中，必须遵循法治之道。

一句话，我们需要更加健全的乡村治理制度。

飞来飞去的苍蝇

宁海出过一位大学问家，名叫方孝孺，是明代建文年间的重臣，师从明朝"开国文臣之首"、"明初诗文三大家"之一的宋濂。他知识渊博，性格刚毅，后因拒绝为发动"靖难之役"夺得皇位的燕王朱棣起草即位诏书，与其亲友、学生873人一起遇害，成为中国历史上唯一的被"诛十族"的人。方孝孺的父亲方克勤是明初官员，曾任山东济宁知府，不喜近名，自奉简素，为政廉洁，曾受到明太祖朱元璋的嘉奖。令人感叹的是，这样一位清官，却被诬陷贪污，最终被捕杀害，虽说冤屈不幸，但也可窥见皇帝朱元璋对贪官污吏是何等痛恨。即便如此，贪腐的官员依旧像韭菜一样，割了一茬又生一茬，朱元璋只能徒叹："欲除贪赃官吏，奈何朝杀夕犯！"

在与时任中共宁海县纪委书记、现任中共宁海县委副书记李贵军交流探讨的时候，他跟我这样说道："其实，智慧的中国人民创造了很多反腐败的办法。古代的反腐设计，从厚禄、严刑、监察、教育到官员的任期制和回避制，在短时间内都有相当的效果，却都不能维持久远，究其原因，是这些办法都没有从权力运行的机制入手，舍本逐末，扬汤止沸，没有釜底抽薪，没有抓住反腐败的关键和根本。"

事实已经证明并且还在不断地证明，有权力的地方就有可能产生腐败，而不受制约和监督的权力必然导致腐败。村干部是行政权力的末梢，我们把村干部手中握有的权力称作"小微权力"，但如果不加制约和监督，那么，就会发生"小官大贪"的情况。正如习近平总书记所指出的："'微腐败'也可能成为'大祸害'，它损害的是老百姓切身利益，啃食的是群众获得感，挥霍的是基层群众对党的信任。"

宁海乡村自改革开放以来，取得了巨大的成就，这当然是与广大基层干部的工作分不开的。但是，毋庸置疑，反腐败工作也同样艰巨。俗话说："一粒老鼠屎坏了一锅粥。"极少数村干部以权谋私、贪赃枉法，产生许多负面影响，群众对此反映强烈。事实上，我在查阅近些年宁海乡村所发生的贪腐案例时，眼前呈现的就是飞来飞去的苍蝇。

2003年上半年，岔路镇柴家村时任党支部书记柴某在对高速公路两侧的坟墓进行迁移整治时，伙同其他村干部虚报坟墓数量，套得坟墓迁移补助款25400元，在伪造的兑现清单上冒名签字后由村干部予以私分。2010年1月，柴某因贪污罪被宁海县人民法院判处有期徒刑二年；同年5月，被开除党籍。

2004年10月，跃龙街道上白峤村时任党支部书记赵某负责实施自来水管道改造工程。当年12月，工程完工后，赵某将剩余的自来水管材及配件退还给所购公司，与该公司结算货款后，将退回的货款31419元占为己有。2010年2月，赵某因职务侵占罪被宁海县人民法院判处有期徒刑一年，缓刑二年；同年5月，被开除党籍。

2007年7月，桃源街道民主村被征用土地，街道办事处将地上附着物补偿款兑现工作交由民主村办理。8月，黄某某向时任村党支部书记潘某和时任村经济合作社副社长潘某某提出，让其负责承办补偿款兑现工作，并许诺到时给予好处，潘某和潘某某表示同意。2009年春节前一天，黄某某为感谢潘某的帮助，通过潘某某送给潘某50万元，同年7月，潘某某担心收受黄某某50万元贿赂一

第一章/山林在呜咽

事案发,伪造了向与潘某某共同开办调剂商行的周某某借款50万元的借条,将50万元汇入周某某账户。2010年2月,潘某因受贿罪被宁海县人民法院判处有期徒刑九年;同年9月,被开除党籍。

2009年1月5日至3月24日,桃源街道大金村时任阳光社区大金经济合作社管理委员会社长华某利用职务之便,在负责征地地上附着物补偿款兑现工作时,以兑现村民地上附着物补偿款之名,分三次从大金经济合作社领取550000元地上附着物补偿款,除218925元用于补偿兑现外,将另外331075元擅自用于个人开支。3月底,在该社出纳催讨下,该笔款项以华某名下应收款挂账。同年4月3日至5月15日,华某分六次从大金经济合作社领取1103000元地上附着物补偿款,除345200元用于补偿兑现外,将其余757800元擅自挪作其个人承包的中心粮库前期基建工程开支等用途。6月,在该社出纳催讨下,该笔款项以预付中心粮库围墙工程款华某名下应收款挂账。另外,华某还以场地搬运费的名义向村里开出20700元的领条,用于先行垫付村民所欠地基配套费,但在收到村民归还款后,华某一直未将此款交给村里入账,而是用于自己的日常开支,挪用时间超过三个月。2010年8月,华某因挪用公款罪、挪用资金罪被宁海县人民法院判处有期徒刑七年；同年11月，被开除党籍。

2007年11月，宁海县铁路指挥部向桃源街道上洋村征用土地。2008年9月、2009年5月，桃源街道分两次将600余万元补偿款拨入上洋村经济合作社，由时任村党支部书记郑某协助政府予以兑现。其间，村民郑某某为了其种植的苗木能多得到补偿款，多次找到郑某，要求予以关照。为此，郑某为郑某某虚增苗木补偿面积，使郑某某两次获得补偿款共150余万元。为表谢意，郑某某于2008年10月10日和2009年5月25日，分别送给郑某165000元和55000元，共计220000元，郑某均予以收受。2007年，宁海县物流中心向上洋村征用土地时，郑某同样虚增苗木补偿面积，将补偿款给村民潘某某，并获得好处费8000元。2010年7月，郑某因受贿罪被宁海县人民法院判处有期徒刑七年；同时被开除党籍。

2008年8月，茶院乡某村下洋溪工程未经招投标，由时任村党支部书记赵某与其他村干部决定，采用按实际工程量结算工程款的方式开工建设。2009年8月至2010年11月，赵某与其他村干部决定，虚增下洋溪工程量，套取工程款177680元，用于冲抵历年村公务支出、招待费等开支。2012 年 8 月，赵某因违反财经纪律，受到党内严重警告处分。

……

据中共宁海县纪委提供的数据，2010 年至 2013 年，全县共查处党员干部违反廉洁履职的经济类案件 161 件，其中村干部违法违纪的案件达 102 件，约占总数的 2/3。因此，给老百姓的感觉便是"苍蝇扑面"，这也导致信访量增多。2013 年，宁海县仅一个下辖 18 个村子的乡镇的信访量就达 198 起，平均每个村达 10 起之多。

当苍蝇的嗡嗡声与山林的鸣咽声交相叠合的时候，是如此地让人心惊！

事实上，中国农村反腐败斗争的形势严峻而复杂，人民群众对身边那些不重视制度建设、不听取群众意见、不接受民主监督、滥用权力、贪图享受、以权谋私、贪污受贿、截留私分、优亲厚友、虚报冒领、"雁过拔毛"、抢占掠夺、压制百姓的苍蝇深恶痛绝。苍蝇们的肆意妄为使农村社会政治动荡，政治生态恶化。因此，中共十八大以来，坚持"老虎苍蝇一起打"，严肃查处群众身边的不正之风和腐败问题，并加大对"小官大贪"的惩处力度。十八届中央纪律检查委员会在向中共十九大作的工作报告中指出，五年来，全国纪检监察机关共处分村党支部书记、村委会主任 27.8 万人。

从那些案例中，我们可以发现小微权力其实并不微小。村干部的身份虽然是农民，但不管是村民还是上级组织，都将他们当成干部，特别是很多地方，县乡政府还给村干部发报酬、下任务、定指标，这就更强化了其干部的角色，甚至村干部还成为党和政府在基层的代言人。用时任中共宁海县委书记、现任宁波市副市长褚银良的话说，以往，总有人认为村级干部没有多大的权力，"虾仔作大浪，成不了气候"，去治理这些小权没有多大必要，其实，村干部的权力虽小，但在村民们的眼里，可能"大得摸不到边"。

有天傍晚，我与跃龙街道大桥李村时任村主任李如岗一起在村里散步。我问他："作为村主任，你觉得自己手里的权力大不大？"李如岗犹豫了一下，然后看着我说："如果你一定要问我权力大不大，那我可以这样反问你，当你在村子里大事小事什么都得管，上管天，下管地，中间管空气时，你觉得这权力大不大呢？"是啊，说起来，村干部一方面通过《村民委员会组织法》、村规民约等制度，掌握着村里公共事务的管理权，另一方面，来自上级政府大量的行政权力和服务需要通过村干部去落实，比如发放低保、分配宅基地、实施村里修桥造路工程等，因此，村干部在村里拥有很大的权威。既然村干部是万金油，什么都得懂，什么活都得干，那么，他们手里的权力自然也显得很大。但是，村干部能够动员的资源又相对不多，因此，在资源不足时，村干部往往就会动其他脑筋，打擦边球，甚至越线。从这里就可以清楚地看到，如果对村干部权力的运行不用制度来制约和监督，那么，苍蝇翻飞就可能成为一种"常态"。

　　我和李如岗边走边聊，不觉间天色已暗，西沉的光线投射在李如岗的身上，有些黯淡，岂知这正成为他后来人生的一个预兆。

第二章

编织制度的笼子

所谓"大道至简",越简明的东西,越容易执行,也越容易监督。

新『开游日』

2014年1月1日，新年第一天，时任中共宁海县委书记褚银良一大早便驱车前往县前街18号县委大院上班。

车子开上了宽阔的徐霞客大道。这条2000年拓建完工的道路，长1600余米，宽50多米，两旁绿树成荫，藤萝叠翠。路边，有一道蜿蜒的城墙，是这座古称为"缑城"的县城的悠远记忆。不远处，潺潺的洋溪从西往东而来，在徐霞客大道南面的防洪堤外汇成澄澈的清潭。

宁海县与徐霞客颇有渊源。1613年5月19日，《徐霞客游记》开篇，地理学家、旅行家和文学家徐霞客记述了当天自己由宁海县城西门出城，去往天台山，是日"云散日朗，人意山光，俱有喜态"。近400年后，2011年3月30日，国务院常务会议通过决议，自该年起，每年5月19日为"中国旅游日"。宁海当地则把这一天称为"开游日",蕴含着开创之意。

欣赏着此刻的人意山光,褚银良多了一份忧患意识。

宁海,顾名思义,宁静之海,相传东海之内皆波涛汹涌,唯有此处港湾风平浪静。宁海位于中国大陆海岸线中段,浙江省东部沿海,象山港和三门湾之间,天台山、四明山山脉交会之处,是计划单列市宁波市的下辖县,国务院批准的第一批沿海对外开放地区之一。宁海置县始自晋武帝太康元年(公元280年),迄今已有1700多年的历史。全县目前有18个乡镇(街道),63万人口,长居全国百强县行列,城市化、工业化进程很快。但是,全县经济发展不太均衡。我在实地考察中发现,靠海区域经济富裕,但山区一带尚显落后,比如:位于县城中心带的梅林、跃龙街道同位于丘陵地区的桑洲镇就差距较大,城中村高楼林立、众声喧哗,而峰岭座座的小山村则空寥寂静,多为"空心村"。这些年,宁海县对经济欠发达的区域实施各种惠农、支农政策,同时,新农村建设以及治污水、防洪水、排涝水、保供水、抓节水的"五水共治"工程也全面铺开。政府投入的资金不断增加,项目不断增多,工程不断增多,导致村干部手中握有的权力也越来越大,这便为反腐败增加了紧迫性和重要性。之前,褚银良

第二章／编织制度的笼子

已经在中共宁海县委的一次工作会议上发出预警："2014年，县级以上财政安排各项农村扶持资金达上百亿元，最大一个村今年有上千万元的扶持资金到账，村一级权力如果没有规范和监督，一定会产生滥用现象，最终滑向腐败。"

褚银良与时任中共宁海县纪委书记李贵军做过深入的探讨。他们认为，抓住村干部权力运行监督这个关键，就抓住了农村治理的"牛鼻子"。把权力运行的盖子揭开，一切就都在阳光之下了，所以，应该依靠民主与法治，通过编织制度的笼子，将村干部的权力运行规范起来，这样才有可能来限制权力、制约权力，破除违规用权、徇私枉法等产生腐败的体制和机制。必须要做的工作其实很明确，那就是厘清村干部权力边界，梳理村级事务权力清单，建立健全可操作的权力运行制约和监督体系。

如今，正值村党支部委员会和村民委员会即将完成换届之际，这倒是一个极好的时机，可使新一届的村干部一上来就进入新的制度轨道，与过去分割，形成新的风气、新的局面。

"开游日"是宁海的一个骄傲。也许，历史本来就是一条段落相继的链子，其中的环扣总隐藏着某种暗喻和提示。400多年前的徐霞客以极大的勇气从宁海出发，踏上漫长的探险之路，他在山脉、水道、地质和地貌等方面的调查与研究都取得了超越前人的开拓性的成就。那么，今天的宁海，能否以创新的精神再次出发，不走封闭僵化的老路，励精图治，开辟新道，在反腐倡廉、民主建设、乡村治理方面，再创一个意义深远的新"开游日"呢？

　　车过处，阳光跳跃。与徐霞客大道隔溪相望的飞凤山上的于飞阁，气势磅礴。褚银良不由得想起习近平总书记说过的话来："自然生态要山清水秀，政治生态也要山清水秀。严惩腐败分子是保持政治生态山清水秀的必然要求。"

"红绿灯":大道至简

新年伊始,在中共宁海县委的统一部署下,创建村级小微权力清单制度的工作紧锣密鼓地开始了。

四十年改革开放的大潮拍打着浙江绵长的海岸。浙江这块热土曾在市场经济领域书写过无数传奇,而基层民主政治的种子在这块土壤中生发也绝非偶然。

"之江大潮写新语"。习近平同志在浙江工作期间,高度重视"三农"工作,提出"农业兴才能百业兴、农民富才能全省富、农村稳才能全局稳"。2004年6月18日,浙江省武义县后陈村建立了全国第一个村务监督委员会,习近平同志充分肯定后陈村的做法,明确指出村务监督委员会"是农村基层民主的有益探索,是积极的,有意义的,符合基层民主管理的大方向",并对完善村级组织监督机制提出了具体意见。2011年初,习近平同志再次批示:

"建立健全村务监督委员会，规范村干部用钱用权行为，是密切农村干群关系、维护农村社会和谐稳定的积极举措，也是加强农村基层党风廉政建设和基层民主政治建设的一个有益探索，浙江在这方面的经验和做法可供借鉴。""后陈经验"在治理理念和体制建设等方面为推进我国基层民主政治建设做出了巨大突破。同时，浙江在农村基层党建和乡村社会治理上，还创新发展了"枫桥经验"（矛盾不上交、问题不出村），提升实践了"新仓经验"（生产供销联合与合作）等。正是这些重要论述和实践，为中共宁海县委深入推进基层民主政治工作提供了理论依据和宝贵经验。

宁海创建村级小微权力清单制度与浙江省推行的政府层面的"四张清单一张网"的改革是相呼应的。

2013年11月12日，中共十八届三中全会通过了《中共中央关于全面深化改革若干重大问题的决定》。这项决定提出，推行地方各级政府及其工作部门权力清单制度，依法公开权力运行流程。完善党务、政务和各领域办事公开制度，推进决策公开、管理公开、服务公开、结果公开。

同年11月30日，中共浙江省委十三届四次全会决定，将建立公开政府权力清单制度作为近期重点突破的改革项目。之后，浙江省将权力清单制度作为重要工作紧抓不放，高速推进，不仅成为首个建成政府"权力清单"的省份，而且还形成了独具特色的"四张清单一张网"（即行政权力清单、责任清单、企业投资负面清单、财政专项资金管理清单以及浙江政务服务网）的建设模式。

宁海创建村级小微权力清单制度有效对接了省级层面的"权力清单"改革实践，彻底解决权力"最后一公里"的瓶颈，让权力的阳光真正照进人民心中。

承担创建宁海县村级小微权力清单制度工作的主体责任单位是中共宁海县纪委，领头人便是县纪委书记李贵军。

李贵军个头儿不高，却是此项工作的灵魂人物。他当过记者，而且长期在基层工作。他在《宁波日报》农村部做记者时，一直在乡村跑新闻，后来，他又担任过舟山市普陀区副区长，他去过的村子难以计数，黝黑的肤色看得出经历过日晒雨淋。

李贵军带领时任中共宁海县纪委副书记王兴兵、俞丹斌和时任县纪委党风廉政建设领导小组办公室主任葛知宙等一拨精兵强将，会同农林、国土、民政、计生、建设等

权力清单

二十多个涉农部门，通过上下联动、反复酝酿和协商，专题研究村级组织和村干部职能。他们一方面将国家有关村务工作的法律法规和政策捋一遍，另一方面深入村庄，开了上百次会议，访谈了上千名群众，广泛听取村干部和村民的意见和建议，摸清究竟有多少涉及村务工作的权力事项。这是制定制度前必须做好的基础性工作，否则便是无的放矢。

结果出来了。

汇总整理后的各项法律法规和政策打印出来，竟有248页，犹如一本厚厚的书，这还不包括许多涉农政策文件的附件。事实上，国家有关村务工作的法律法规和政策非常多，但都散落在各类文件中，从村干部到村民，谁也无法一下子将这些法律法规和政策弄得清清楚楚。既然援引困难，那执行起来自然也便大打折扣了。

与此同时，收集和汇总的村级组织和村干部权力事项，林林总总，加起来也有60余项之多，琐碎而具体，但同样呈散沙之态，村干部和村民无法有条不紊地一一细述，随意性较大。如此粗陋必将导致不能细致、精准地开展工作。

为此，李贵军感叹不已：法律法规和政策这样的"厚书",对村干部和村民来说真的太不实用了,即使翻翻都很麻烦;而权力事项没有固化,烦冗庞杂,却要求精细周到,也属强人所难。李贵军认为,在农村的实际工作中,村干部和村民真正需要的是简便易行、一看就懂、容易操作的"干货"。最好的参照莫过于"红绿灯"规则了,要是拿出的制度能像马路上的红绿灯一样该有多好,红灯停,绿灯行,简单明了,人人都懂,而且人人都必须遵守。

所谓"大道至简",越简明的东西,越容易执行,也越容易监督。

一句话,化繁为简,便民才能利民。

在我看来,这样一个"化繁为简"的过程,不仅仅是把散落在各种文件堆里的"干货"找出来,更重要的是增强"民本位"的意识,体察民情,为民众着想,尊重人民群众,尊重他们的意愿和意志。如果眼里没有人民群众,那制定出来的制度会使他们看不懂、不明白,也就很难被理解、被执行,既谈不上捍卫村民的尊严和权益,也谈不上对村干部进行有效的权力监督。可以说,这是是否真正坚持以人民为中心的发展思想、保证人民当家作主落实到国家政治生活和社会生活之中的试金石。

宁海县纪委的精兵强将们夜以继日地工作。我后来与他们都一一接触过，他们所抱持的责任感和使命感，他们既严谨又高效率的工作作风，都令我印象深刻。

2014年2月，《宁海县村级权力清单三十六条》（简称《三十六条》）正式出台。

《三十六条》为村级小微权力的运行设置了"红绿灯"，画出了"斑马线"，建立了简便易行的"交通法规"。

一本巴掌大小、只有三十多页，但却务实、管用、好操作、易携带的小册子，代替了让人望而生畏的厚书，而且基本实现了村级组织和村干部权力内容的全覆盖。事实证明，自《三十六条》运行以来，还没有村民反映所需办理的事项在《三十六条》内找不到依据。

岔路镇时任党委副书记、纪委书记张畅芳说："原先几百页的'大块头'哪里看得过来？别说村干部和村民看不懂，就是乡镇干部也看了后面忘了前面，一点儿也不实用。现在，'瘦身'成功，几百页的上百项法律法规和政策被浓缩成一份简明扼要的权力清单。"

桃源街道下桥村村民刘美平说："我看不懂报表，但《三十六条》里的清单和流程图一清二楚，都看得明白。我们照着做，肯定错不了。"

这份权力清单是制度的笼子,将权力关了进去。

这份权力清单犹如突破黑暗的阳光,把权力的运行放在了光天化日之下。

《三十六条》

2016年3月18日,我开始走访宁海的村子。

我去的第一个村子是桥头胡街道双林村。

那天,下着很大的雨,群山环抱中的村庄被巨大的雨声所覆盖,但是,却也因此被洗涤了一遍,待大雨停歇,一切都显得格外清亮。

首先扑入眼帘的便是众多房屋外墙上的《三十六条》漫画图解。《三十六条》出台后,宁海县印制了20万份漫画读本,发到每家每户;同时,全县429个村(社区)绘制大面积的墙体漫画,解读《三十六条》;此外,还通过文艺下乡的形式,以小品、马灯调、快板等巡回演出,进行宣讲;利用新媒体,开通了微信公众号,拍摄微电影……总之,用最简单的、村民们喜闻乐见的方式,确保村民们看得到、看得懂。

我见一对中年夫妻正在院子里清扫雨后的落叶,整理自家种植的花草，便上前问他们："你们知道《三十六条》吗？"

女主人抬起头来，露出诧异的眼神，然后说："这里的人谁都知道啊，不知道不行的！"

我追问道："为什么不行？"

女主人看了一眼丈夫。男主人想了一下，说："要是不知道的话，那做什么事都没规没矩！"

我继续问道："这么说起来，是不是以前存在没规没矩的情况？"

这次，他没有多想，放下手中的活，定定地站住，用两个字非常干脆地回答了我："是的！"

《三十六条》就是做规矩的。有了《三十六条》，才能规规矩矩。

没过几天，我去了另一个村子，走进了一座有400多年历史的老宅。老宅显得破败了，木结构的房子看上去黑黢黢的，只有院子里的天井宽敞而亮堂，再加上吊了一盏红灯笼，倒是有了一种生气。

老宅的主人是一个名叫王团妹的老婆婆，都86岁了，但一点儿也看不出来，腰背挺直，耳聪目明。她告诉我，她的丈夫是个老党员，刚刚去世，以前一直在村里做文书。虽说她现在已经住进了新房，可还是每天到老宅这边看看，坐在竹椅上晒晒太阳。

我问她："知道《三十六条》吗？"

她说："知道的。现在做村干部必须要按《三十六条》办事，不能自己胡来。"

我又问她："村民们对《三十六条》的普遍反应是什么？"

她说："现在办事，村干部和村民心里都有了底。"

天气和暖，就在这座老宅的院子里，我坐在王团妹递给我的一张小板凳上，重读了一遍《三十六条》。在农村古老的宅子里阅读与在大都市高楼大厦中阅读，感觉有些不同，多了一份亲切与贴合。

《三十六条》列出了36条45项村级权力清单，其中村级重大决策、村级采购、村级集体资源和资产管理等村级公共管理事项方面有19条权力，村民宅基地申请、村民救助救灾款申请、计划生育服务等村级便民服务事项方面有17条权力，并且每一项都有详尽的一目了然的权力运行流程图，明确每项村级权力事项的名称、具体实施的责任主体、权力事项的来由依据、权力运行的操作流程、运行过程的公开公示、违反规定的责任追究等六个方面内容，确保村级权力运行一切工作有程序，一切程序有控制，一切控制有规范，一切规范有依据。

《三十六条》规定，村务监督委员会是各村执行《三十六条》和村干部廉洁履行职责的专门监督组织，在村党组织领导下对村级事务实施监督，拥有知情权（列席村民委员会会议，了解掌握村务决策和管理执行情况）、质询权（对村务事项和村干部履职情况开展询问质询）、审核权（对村务、财务公开情况和财务报账前的原始凭证进行审核）、建议权（围绕村务事项提出建议，疑难事项直接向上级汇报）。

我曾问李贵军："如果以一栋建筑为比喻，那么，《三十六条》的根基是什么？"

他毫不含糊地回答："五议决策法。"

所谓"五议决策法"，即以村党组织提议，党支部委员会、村民委员会、村股份经济合作社（简称"三委"）联席会议商议，党员大会审议，村民（成员）代表会议决议，组织实施、结果公告并接受群众评议，作为村级事务决策必须经过的程序。其中，按照《村民委员会组织法》的规定，强调把村级事务决策权、监督权交给村民代表会议授权的村民代表手中，并就决策后如何执行、监督，制定程序化、标准化、规范化的制度，真正保障村民拥有的民主决策、民主管理和民主监督的权利。显而易见，"五议决策法"是突出体现党在农村基层工作中的领导地位和作用的，"五议"中的"村党组织提议，党支部委员会、村民委员会、村股份经济合作社联席会议商议，党员大会审议"确保了党组织在基层工作中的权重。

"五议决策法"规定，凡涉及村民自治章程和村规民约的修订，本集体经济组织年度财务预决算、收益分配和非生产性支出方案，农村集体资产经营方式、经营目标及重大经营事项的确定和变更，重大投资和工程建设项目、较大数额的举债，出借集体资金，集体土地征收征用补偿费的分配和使用，留用地和集体经济发展资金的使用，宅基地的分配，依法进行的集体经营性建设用地入市，涉及本村全体成员利益和其他重大事项，都必须走这个民主程序，以保障村民的知情权、表达权、参与权、决策权、监督权等政治权利，使村民能够对村干部的权力进行有效的合乎法治的监督和制约。

我觉得，这个"五议决策法"的确是抓到了关键的点子上，杜绝了那种村干部个人说了算，村民们则被弃置一边的状况，从制度上、机制上落实还权于民、还政于民，体现出人民当家作主这一社会主义民主政治的本质与核心。

老实说,先前,"编织制度的笼子"这样的话对我而言非常抽象,可现在,《三十六条》则是我眼前一幅很形象的画面了。

第三章

一步都休想走歪

一本宝典置于阳光之下,公开透明,一清二楚,谁也甭想"念歪了经"。

一个人的"凤凰涅槃"

一

我拐进岔路镇湖头村。

这个村特别好认,就在省道甬临线的边上。村口有一块巨石,上面刻写着"湖头村"三个鲜红色的大字。

进得村子,扑入眼帘的便是一条水声哗哗的河流,村民们告诉我,这条河名叫"枫湖",从前,河边还有枫树林。东晋著名的道教学者、医药学家、炼丹家葛洪就曾在河边踱步,然后遁入远处的深山。

枫湖旁有一栋楼房,明显是新盖的,那是村里的综合楼,既用于办公,也有祭拜祖先的案台,同时还是村民的活动室,我看到不少老人在里面打牌。我进去时,正好有人在大堂里忙碌着,打听了一下,原来,有户村民准备在大堂里为自家的婴儿办"百日宴"。这里还有一个大戏台,可以想象逢年过节，戏班子来唱大戏时的盛况。

就是在这座综合楼里，我第一次见到了湖头村时任村委会主任葛更槐。

葛更槐40多岁，一看就是个身强力壮的人。说实话，这是出乎我的意料的，因为如今农村的青壮年几乎都在外面创业、打工挣钱，少有顾及乡村老家的。其实，葛更槐亦如此，他多年在外闯荡，也有自己的一份事业。可他偏偏在2013年12月回到村里来竞选村主任了。

我直截了当地问他："你参加竞选的动机是什么？"

这个走南闯北，身上多少沾有一些江湖之气的葛洪的后人相当坦诚，他说："一是为族人长脸面，二是为朋友谋利益。"

我觉得葛更槐之所以要当村主任，可以说是一种心理应激的结果，因为他听到、看到太多村干部为所欲为的事了。葛更槐原本是在村里办家具厂的，后来他把生意做到外面去了，离开了老家。在四处闯荡的生活中，他保持着天性中对农村的关切，一些关于村干部无法无天的报道总是让他受到刺激。有一天，他和朋友聊起听到的一件事情，说是南方某个村的党支部耗资2000万元修建了一座仿古山水园林建筑，还配备了多辆进口豪华小轿车，并经常借招商引资之名在国内外游山玩水,村党支部书记个人收受回扣和贿赂金额达1000多万元,留下的收支白条有一麻袋,数额高达上百万元。葛更槐说,这样的村干部太不像话了,村民们应该联名签字反对。可朋友说,这有啥用,村干部就是村里的皇帝,说的话就是圣旨,谁也违抗不得。

如今,葛更槐来竞选村主任了,他内心的驱动力并不纯粹:他在各种消息中看到了权力的威风凛凛,看到了权力所带来的种种利益,因此,说穿了,他要当这个村主任,无非是想为族人争面子,同时体会一下那种在村里颐指气使、一人独断的感觉。在这样的驱动力之下,可以想象,一旦他竞选成功,他很有可能也会成为他自己所不齿的那些村干部中的一员。

我追问葛更槐:"你承认你来竞选村主任是夹杂着私念的?"

葛更槐说:"我不否认。我的一些朋友希望我当上村主任后,把一些基建项目给他们。"

我由此联想到,事实上,葛更槐道出的是一种可怕的恶性循环,如果没有制度的约束,如果一茬一茬有私欲的人在村干部这个位置上"前腐后继",那么,对于村民们来说，尽管他们一人有着一票，但不管选谁，选出来的村干部其实都是一个人。

葛更槐如愿以偿，当选了湖头村村主任。

葛更槐上任后，想做的第一件事就是把综合楼这个项目给拿下来。

其实，盖综合楼这件事村里已经说了许多年了，连村主任都换过五六任了，但就是没有盖起来。说起来，没有村民反对在村里盖这么一栋综合楼，他们都认为这是一件好事，楼盖起来了，村民也就有了一处活动、休闲、娱乐的场所。但是，村干部每每想正式启动这个项目时，村民们却没有回应了，尤其是牵涉拆迁的那十几户村民，谁都不肯签字。

一心想拿下项目的葛更槐不明就里，像前任村主任一样，到一户户人家去磨嘴皮子。他与他的那些朋友商量过了，除了让村里提高拆迁补偿费用，他们哪怕自己掏腰包加点钱也在所不惜。只要把工程拿下来，什么都好说，羊毛出在羊身上嘛。葛更槐许诺拆迁户们可以追加补偿费，可没想到，还是没人接他的茬。

葛更槐不明白了：你们不就是想多要些拆迁补偿款吗？我都答应你们了，可你们为什么还是拒绝呢？他是村主任，说要增加拆迁补偿款并不是开空头支票，他完全能够说了算的呀。

终于，有个村民把狠话撂给了他："你们村干部想的不就是拿项目做人情、捞好处吗？我们心里太清楚了，看得太透了，所以，我们绝对不会让你们干成！"

这就是一向被无视的村民所能做出的选择，"宁为玉碎，不为瓦全"，宁肯牺牲自己的利益，也不让贪婪、有私欲的村干部得逞。

这般鱼死网破的对峙让我感到震撼。有人说，长期以来村干部权力运用的失控，也伴随着村民因绝望而生的麻木，反过来这又使村干部觉得没有了障碍而愈加为所欲为。但事实上，村民只是表面上的麻木，他们内心并没有放弃希望、放弃抗争。村民对于村干部腐败现象所做出的拉锯战式的长时期的隐性抵制，不能不说是坚韧不拔，暗流涌动。

所以，听到村民这样的狠话，葛更槐心里发毛。

可这是一个380万元的项目，他的那些朋友正等着他

"发包"呢！葛更槐决定，这一次，他无论如何都要把这个项目拿到手。

正所谓"人算不如天算"，葛更槐没有想到的是，就在此时，《三十六条》出台了。

那是 2014 年 2 月，葛更槐当选村主任还不到两个月。出乎葛更槐意料的是，岔路镇是全县《三十六条》七个试点乡镇（街道）之一，湖头村自然也在其中。

他彻夜无眠。

当综合楼的建造再次被提起时，情况已经不一样了。

现在，不再是葛更槐一个人可以说了算的了——不仅是葛更槐这个村主任，每一个村民都拿着《三十六条》的小册子，针对每个环节，一一对照着，谁都休想走歪。

按图索骥，整个流程必须经过这些环节：首先要过"五议决策法"这一关，接下去，还有提供具体的预算和设计方案、进县公共资源交易中心公开交易、委托监理等。一个个流程，都有相应的机构来参与或监管。村里还有村务监督委员会（简称"村监会"）全程监督，有的村还会组建工程管理小组。财务也必须公开,账目经层层审核后,通过乡镇"三资"管理服务中心结算……而且,每一个重要环节都必须进行公示。

葛更槐硬着头皮,按照《三十六条》的规定一一行事。他之前想过的自己决定拆迁补偿款方案、自己指定合拍的预决算和监理公司、自己指定建筑公司承包工程、自己选择喜欢的财务结算方式等,无一行得通了。

拆迁补偿款方案经过"五议决策法"规定的一道道程序,最后交由村民代表会议决议——葛更槐没有可能自行决断。

工程承包方经过第三方进行公开招投标而确定——葛更槐没有可能插手其中。

资金使用、财务结算方式必须通过乡镇有关部门层层审核并予以公示——葛更槐没有可能暗箱操作。

……

葛更槐觉得,每走一步,他手上的村主任的权力就给削掉一层,直至最后,他清楚地看到,事实上他已没有什么权力了。他完全不能一个人说了算了,他完全不能想怎么做就怎么做了,他完全不能摆出村主任的权威了。

村主任是什么?不管是葛更槐,还是村民,现在已前所未有地明晰起来：村主任不过就是一个事项召集人和会议主持人的角色而已。

对于建造综合楼这一项目，村监会的几个成员手执"村务监督对账单"和"村务监督明白卡"，对照《三十六条》，每走一个步骤就点卯画圈打钩，一一记录，一步不能漏，一步不能错，实施全程监督。

这样的感觉让葛更槐十分沮丧，在他先前接收的信息里，村干部们向来都是那么有权有势，那么趾高气扬，那么独霸一方的。他来竞选村主任，不就是想尝尝这样的滋味和甜头吗？但是，《三十六条》就像是一道紧箍咒，使他无法为所欲为。

更让葛更槐气恼的是，村民们拿着《三十六条》，连眼光都变得犀利起来，毫不回避地处处盯着他，眼神里露出的就是不信任。比如，有时，因工作上的原因，他会招待别人吃顿饭，但如果要去报销，那就得按照《三十六条》的流程进行。从前哪有这样的事情！村干部即使大吃大喝，也没村民敢站出来说个"不"字。现在可好，村民们已经懂得，对村干部权力运行的监督首先应该讲法治，而不是讲人情。所以，针对招待费支出，村民们还会刨根究底，问个一清二楚：招待的是谁？为什么要招待？招待后结果如何？

他觉得窝囊极了。

那天，在财务报销申报之前，他将自己用于工作的招待费全部抹去了，他不想再报销一分钱，因为他不愿被村民们的眼睛盯得如同芒刺在背。

葛更槐几乎要考虑递辞呈了——这种既没权也不来钱甚至还要倒贴的村主任有什么好做的？不如继续去经营自己的事业。如果说，当初他来竞选村主任是为了争面子，那他已经实现了；至于享用村主任的权力以谋取私利的想法，如今已不可能实现了。

但是，葛更槐发现，以前村干部做不成的事情到了他这一届，倒是柳暗花明又一村，工作变得前所未有地顺畅起来，容易开展了。他感受到村民对村干部的敌意正在消解，那份暗地里较劲的紧张正在缓和。这样的感受对葛更槐来说，当然非同一般，他发现自己这个村主任与他的前任们已经不一样了，而这种不一样正是他自己在遭遇不公时所期待、所盼望、所希冀的。

葛更槐拿着《三十六条》，走进拆迁村民们的家中，他说："现在，你们放心吧！以前那种村干部私底下叫人来做工程的事，现在完全行不通了，招投标统统公开，每一分钱的去向你们统统掌握。"

葛更槐又拿着《三十六条》对他的那些朋友说："你们看，这清单里规定得清清楚楚，不是我一个人说了算的。我做不了主了，想帮你们也帮不上了。"

办事一透明，村民们的疑虑消除了，朋友们也不再来为难他了。

葛更槐因此得到了村民们的信任和支持，结果，多少年都没有通过的综合楼项目终于正式立项了。拆迁工作出乎意料地顺利，没人做"钉子户"，也没人为多要拆迁补偿款而狮子大开口。因为村民们知道，《三十六条》规定了征地补偿费的使用分配方案也是要走"五议决策法"程序的，不是哪个村干部可以一手遮天的，所以胡搅蛮缠没有意义。

综合楼动工这一天，葛更槐起了个大早。

当他来到施工现场时，已经听到鞭炮声了。那是村民们自发燃放的，他们的脸上洋溢着真心实意的笑容。

葛更槐从来没有像这一天那样，体验到一种成就感。这种成就感已经远远高于他当初竞选村主任时的思想境界了。他觉得，这是不能用多少面子和多少钱财来衡量的；他还觉得，当村主任如果只是图个名利真没什么价值，只有为村民们做实事，只有让村民们为你点赞，那才是最有价值的。

我想，这对于葛更槐来说，犹如凤凰涅槃，浴火重生。我认为，真正促使他重塑自己的，不是道德的觉醒，而是制度使然。如果说制度的完善与否可以成就或者摧毁一个人，那么，《三十六条》这样的好制度，显然可以让一个人脱胎换骨，成为一个新人，成为一个好人。

葛更槐现在可以睡上安稳觉了。

经过万般的纠结、挣扎，经过自己与自己的较量、角斗，那些曾经有过的私念已在精神的成长中化作了云烟。

在枫湖边，葛更槐望着流动的河水对我说："《三十六条》让村干部办事有章可循，村民监督也有据可查。样样都公开透明了，村干部想腐败也腐败不了，所以《三十六条》既是我们的紧箍咒，也是我们的护身符。一句话，《三十六条》还干部一个清白，给群众一个明白。"

这使我想起一个村民跟我说过的话来："就算有人怀着私心选上了村干部，《三十六条》也让你成不了乱飞的'苍蝇'，只能变成规规矩矩服务老百姓的'蜜蜂'。"

我以为，对于葛更槐来说，《三十六条》成就了他作为一个个体的"凤凰涅槃"；对于我国乡村的政治文明建设来说，宁海《三十六条》创新制度的推行，让我们从一个地区窥探到整个国家"不敢腐的目标初步实现，不能腐的笼子越扎越牢，不想腐的堤坝正在构筑"的良好态势。

葛更槐告诉我，他正发动他的那些朋友捐款，在村里的葛洪纪念馆旁边种上一片枫树林。他跟所有的人都说得很清楚，没有任何利益可沾，完全属于集体。我想，或许他想以此给他的人生留一个纪念吧。其实，在我看来，这更是农村基层政治生态走出"人情关"和"人治关"，得以彻底改变的历史纪念。

追回25万元扶贫款

黄坛镇张辽村地处双峰山区，在宁海人眼里，那是一个"穷瘩瘩"的地方。

我一听到张辽村这个村名，立即想到了曹魏名将张辽。张辽随曹操四处征讨，战功赫赫。东汉建安二十年（公元215年），东吴孙权率领十万大军进围合肥，张辽率八百将士冲入重垒，直至孙权麾旗之下。孙权闻风丧胆，吴军披靡溃败，只能还军退师，张辽率军乘胜追击，差点活捉孙权。经此一役，张辽威震江东，声名大噪。据《魏略》记载，此役之后，江东小儿啼哭不肯止者，其父母只要吓唬说"张辽来了"，孩童就不敢哭泣了，"张辽止啼"遂成民间流传的传奇典故。

我很好奇。以张辽命名的这个张辽村，莫非其村民都是张辽的后裔？经打听，方知他们虽说也姓张，但与张辽没有关系。他们的一位祖先名字的方言发音与"张辽"相近，在这里落脚后，人们叫着叫着就把村名叫成"张辽村"了。

事实上，张辽村没有因张辽而出名，却因贫穷而远近闻名。不过，在脱贫攻坚战中，这个"猴不过，鸟不停"的小村庄，倒是以张辽当年突出重围之勇气，靠山吃山，在社会各界的合力帮助下，在村里的达竹山上种植香榧，走出了一条脱贫之道。

说来，这达竹山原来就是一座秃头山，然而，就是在这荒山上，2009年，宁海县供电公司用10余万元慈善资金，为张辽村栽下了百亩爱心香榧树。几年过后，这百亩香榧树迎来了丰收季，张辽村的香榧大业就此拉开帷幕。

为了改变村集体资金薄弱的状态，张辽村加大了山林承包力度。近年来，香榧产业声名鹊起，已成为村里的主要收入来源。2014年年底，村里将300亩山林承包给大户拓展香榧种植，同时，为扶持大户，村里在资金、政策各方面也给予大户种种优惠，以此拉动村里经济的长期发展。

2015年5月，宁波市北仑区春晓镇伸出援手，给了张辽村25万元扶贫资金，用于支持张辽村扩大和发展香榧产业。

当时的张辽村党支部书记认为，这笔扶贫资金是他本人和承包大户通过各种努力争取来的，理所应当给予大户，作为其香榧基地的投入。于是，在村民代表会议审议这笔资金的使用时，村支书做了"引导性"说明，称这笔资金只是在村里"过过路"而已，不属于村集体，理应划给大户。很多村民代表受此引导，以为既然是大户争取来的，那么就归大户投入其香榧产业吧，于是，便签字同意了。还有几个没有到场的村民代表，在村支书和大户单独走访做工作后，也都签了字。

不料，时隔几个月后，不少村民代表得知了这笔款子是春晓镇定向给予张辽村的扶贫资金，是支持村里扩大和发展香榧产业的，而不是特定给种植香榧的大户的。尽管事情发端于香榧种植大户的请求，但这是扶贫资金，给村里和给大户是两个不同的概念，可现在却被有意地混淆了，导致这笔钱没有拨到村集体，而是落入了大户的口袋。

村民代表们认为，既然事实真相已经摆在那里，那就应该追回这笔"误入歧途"的属于集体而不属于个人的钱款。

但是，村支书和大户却不予认同。

结果，这么一件原本系扶贫的好事成了闹心事，村民代表们与村干部相持不下。

如果放在以前，这事肯定是村干部说了算，钱给谁不给谁由不得村民们来插嘴。但是，现在不是以前了，现在有了《三十六条》，什么都得按《三十六条》走，谁都休想走歪一步。

村民代表们手持《三十六条》，跟村干部理论，同时，跑镇农办、信访办。他们非但觉得理直气壮，而且还感到特别有力量，他们说："《三十六条》是我们的武器。"

镇里对村民代表们反映的情况十分重视，对这笔资金的来龙去脉及其使用进行了全程追查，发现的确不符合《三十六条》的规定，至少在程序上缺乏规范的"五议决策法"：将资金拨给大户这个决定，既没有经过党员大会审议，也没有经过村民代表会议决议；虽说开过村民代表会议，但会上没有准确、详细地说明资金的来源，而村干部的"引导"致使村民代表产生误判；另外，村监会也没有全程监督。

把路走歪了，就得停止，就得纠正。

最终，依靠《三十六条》，张辽村的村民们追回了25万元扶贫资金。

在这场村民与村干部的对峙中，村干部无法想怎么做就怎么做，反而在制度的约束和监督下，走了一次麦城，而村民们则成功捍卫了自己的权益，捍卫了集体的利益。

寒露时分，我走进双峰山区，走进达竹山。放眼望去，满山都是高大挺拔的香榧树，枝叶葱绿，枝头沉甸甸，一串串香榧果实风吹落地。如今，昔日的荒山因片片榧林而成了座座"金山"。我的思绪跟随香榧树婆娑的细叶摇曳起来。

说来，散布在广袤平原或莽莽大山中的村庄是政府和社会的一个连接点，上级政府部门乃至国家与普通村民之间信息的传递，需要经过村干部这道上通下达的"桥梁"。过去，由于村民们习惯于村干部包办一切，"为民作主"，于是乎，村干部也便担任了"翻译"的角色——将上级部门的各项规定和政策或者具体事务解读给村民们听。在这个过程中，一些有私心的村干部就搞起了选择性"翻译"、选择性执行，个别村干部甚至利用上下沟通中的信息不对称，借机敛财，损公肥私。老百姓管这叫"念歪了经"。而《三十六条》恰恰堵上了这个漏洞，成为农村公共政策的官方简易译本，村民们不仅一看就懂，而且还可以借此监督村干部有没有对国家政策和上级精神做出错误的"翻译"。

　　通过张辽村村民追回扶贫资金这件事，我们可以看到，如果没有《三十六条》的支撑，村民们对选择性"翻译"与选择性执行的村干部几乎没有办法，他们得听村干部的"解释"，得看村干部的脸色，而有些村干部也敢不受制约地掌控话语权和解释权，从个人利益出发，随意解读，随意发挥。正是有了《三十六条》，村民们才勇于站出来，勇于要求村干部全面而严格地守制度、守规矩，而且他们所表现出来的那份坚持和坚韧比之村干部更有气势。事实上，《三十六条》将监督权交给村民的时候，便将村里的话语权还给了村民。一本宝典置于阳光之下，公开透明，一清二楚，谁也甭想"念歪了经"。而村干部也不能再做选择性"翻译"与选择性执行了，在遵守制度的道路上必须走得小心翼翼。

　　熟悉农村工作的人都知道，农村信访的多发、易发与村庄民主建设落后、监督机制不全密切相关。随着《三十六条》日复一日地运行，如今，在宁海乡村，村干部的制度意识、规则意识、规范用权意识越来越强，村民对于监督权的使用也越来越娴熟，从而促使村里的政治空气不断净化。据中共宁海县纪委提供的资料，宁海县在 2014 年开始实施《三十六条》,当年,全县反映村干部廉洁自律问题的信访量就同比下降80%。2015年第一季度,县纪委共收到针对党员干部违纪的信访举报88件,其中,针对村干部的信访举报为54件,而这54件中大部分为重信重访,初信初访只有19件,同比下降51%。这样的下降幅度是前所未有的。在工程招投标、财务管理等重点领域,村干部随意拍板、以权谋私的违纪违法行为已基本杜绝。

如果说当年"张辽止啼"的典故显示了这位三国名将的威风,那今天的《三十六条》在村干部廉政履职上同样具有震慑的力量。

第四章

重新发现村里的主人

《三十六条》的实施让人们重新发现了村庄里的主人,他们不是村干部,而是每一个普通的村民——他们有尊严,有话语权,被平等地对待……

『政治待遇』

我去越溪乡大陈村，是为了认识一个人。据说这个人每个月的第一个星期二早上，都会穿上老式蓝呢子中山装——这是他最正式的衣服，只有在最正式的场合，他才会穿上，一丝不苟地扣好最上边的风纪扣，然后到村里的祠堂去开会。据说这个人曾经直截了当地对村干部说："虽说你们是村干部，但权力不是你们的，对村里事情的决定应该听我们村民的。"

这个人名叫陈先良，我就是在大陈村的祠堂里见到他的。大陈村的祠堂位于整个村子的中央，这里既是当地陈氏家族的精神寄托之地，也是大陈村的政治中心，村委会就设在祠堂里。不过，2014 年之前，陈先良很少踏足这里。

我去见陈先良，约定的是下午 2 点。因为到那里时间尚早，我就先去了宁海县图书馆看书。这座图书馆坐落于县城内的柔石公园里。

宁海是一个人杰地灵、名家辈出的地方。远的不说，在现代文学和艺术史上留下不朽名字的就有文学家柔石、国画家潘天寿。如今，在宁海县城里，辟有柔石公园和潘天寿广场，而将县图书馆设于柔石公园内，实在是恰到好处。我坐在宁海县图书馆的阅览室里，望着不远处的柔石雕像，不由得想起这位左翼作家在1930年创作的小说《为奴隶的母亲》，那是一个"典妻"的悲剧故事。我的思绪拉了开去，说实话，千百年来，很多生活在社会底层的普通百姓是没有什么尊严和权力的，那么，时至今日，将村干部的小微权力关进制度的笼子，除了铲除"小官大贪"滋生的土壤，是否也意味着真正将权力还给村民呢？

陈先良出生于1942年，是一位70多岁的老人。陈先良算是大陈村最有文化的老人了，他当过兵，见多识广，后来在一所中学当了20年教师。在与陈先良交流的时候，我发现他很沉稳，给人以庄重的感觉，虽然他的眼睛已有些混浊，但是投射出来的目光却是清澈的。

时值初秋，陈先良穿了一件深绿色的外套，不是听闻中的老式蓝呢子中山装，但里面衬衫最上边的一粒纽扣同样紧扣着。他告诉我，他每月正装出席的是党支部的组织生活会，虽然他只是一名普通的党员。他说，早前他跟村里的干部几乎不来往，他将自己的组织关系挂在了别处。

我向陈先良求证听来的传言，他没有正面回答我，却说起了自己的人生感受。

陈先良说，他在学校的讲台上说了多少年"人民群众当家作主"的话，但其实并不上心，因为这与他亲眼目睹的事实相去甚远。陈先良提到了"政治待遇"这个词。他认为，人民当家作主落到实处，那就是作为村民有权参与村里事务的决策和监督。"那就是政治待遇，如果享受不到这样的政治待遇，那人民当家作主就是空话。"

我问陈先良："那你觉得自己以前有没有享受过这样的'政治待遇'呢？"

他回答得很干脆："以前没有。"

以前的情况是，村里的一切决策都是由村干部做出的，从来不会征求村民们的意见，村民们根本就没有话语权，更谈不上去监督村干部。既然没有这样的"政治待遇"，那村里的主人就只是村干部，而不是村民。

不是主人的陈先良因此很少同村干部说话，虽说都是邻里，鸡犬之声相闻，但他觉得心里边与他们整整隔了一个县城的距离。有人说他清高，其实，是他看不惯有些村干部的做派，也不想与他们为伍，他有自己的尊严。说起来，也不光是陈先良一个人这样，许多村民见到村干部都是躲着走的。

以前，村干部的权力实在是太大了，而且没有人可以监督他们，他们才是村里正儿八经的"主人"，想怎么做就怎么做，村民们根本就无权过问。举个简单的例子。有个村子，每年春季要选派一名山林防火巡查员，在山里划定的区域内来回巡逻，检查隐患，时间为两个月，当然每天都是有补贴的。说是选派，但先前从来不征求村民的意见，都是村干部说了算，村干部让谁去就谁去。结果，有个村主任就选派了自己的父亲。问题是，谁都知道这个村主任的父亲有腿疾，平时连行走都有困难，不消说进山巡查了，说穿了，就是白拿那份补贴。可村民们完全没有说话的份，即使敢怒也不敢言。事实上，一旦习以为常，便连怒也没有了，便自觉地弃置了自己"主人"的身份和地位，权力在握的村干部决定一切便成了天经地义。虽然这个例子不是大陈村的，但陈先良认为这是很普遍的现象。

《三十六条》出台后，陈先良马上就读了那本小册子，越读越兴奋，不禁击掌而起。他觉得在他年过七十后，一

第四章/重新发现村里的主人

直埋藏在心里的那个愿望就要实现了,他终将得到他盼了一生的"政治待遇"。

陈先良觉得,《三十六条》可不只是唬唬人的,还建立了社情民意发现机制、群众诉求办理机制、权力监督约束机制和干部作风保障机制"四位一体"的基层治理体系作为配套保障。村干部的"底牌"都被掀开来了,让老百姓给看了去,那就真的不能自己说了算了,什么都要放在阳光底下,什么都要经过村民的评议,村干部再也不能对村民视若无睹了。

不需要搞什么号召,不需要喊什么口号,当每一件事都必须按照《三十六条》的规定明明白白地进行公示时,那真的就与过去不一样了。

村里的公示栏前,很快就聚集起村民来了。

原先心里早已冰凉的陈先良也出了门,走到了公示栏前,他眯起眼睛细细地看着,看了很久。而当陈先良往回走时,摸着揣在口袋里的小册子,他感觉到心里热乎乎的,脚步也轻快了许多。

陈先良一改往日的冷漠,穿起自己最为正式的衣服,以这样的方式最有尊严地走进了祠堂。陈先良对村干部们说:"我年轻的时候就盼着人民能够真正地当家作主,村里的事情由村民们来讨论，来做决定，现在终于盼到了。我得到了自己应得的'政治待遇'。"

《三十六条》将还权于民落到了实处，老百姓可以扬眉吐气，堂堂正正地坐上原本就该属于他们的主人位子了。

这是一次具有重大意义的"发现"——重新发现村里的主人。

大陈村100亩海塘的招标又开始了。

按照《三十六条》，每一个步骤都必须进行公示。

对于海塘招标这事儿，以前村民普遍腹诽得很，认为问题多多，说是招标，可实际上就是暗箱操作。以前，这100亩海塘由谁承包、承包年限、承包费用，村民们一概不知，一切都是村干部说了算。这100亩海塘一年的承包费最低的时候只有每亩80元。现在，已将《三十六条》背了个滚瓜烂熟的陈先良把项目招标的所有程序都摸得一清二楚，每一个步骤公示时，他都一一监督，一一追问，不留一点疑惑。

陈先良凭什么可以这样做？他甚至连村民代表都不是，但是，《三十六条》赋予每一个成年村民参与村务决策、监督的资格和权利。整个招标过程透明得如同清水，什么都放在了台面上，清清楚楚。如果有人胆大妄为，想在其中做些手脚，那真是连门儿都没有，因为稍有风吹草动，就会被村民像剥洋葱一般层层盘问。

2014年，大陈村100亩海塘的招标顺利结束，一年的承包费为每亩3558元。这笔收益完全归村民们所有，到时候会公开账目，并打入他们的银行卡中。

陈先良的脸上洋溢着满意的笑容。他认为，在这之前，即使他这样一个"文化人"都从来没有享受过参与村里决策、监督的"政治待遇"，更不要说其他村民了。如今，不论是上了年纪的人，抑或是年轻人，都有了新的"习以为常"。他们手里攥着《三十六条》，走到哪里都会理直气壮地说："我们不需要'为民作主'，因为我们会'当家作主'。村干部都是我们选出来的，他们要做的事就是为民服务。"

跟陈先良聊着这些的时候，我从他身上感受到庄严之尊，这是一种当家作主的人才有的姿态和气势，就像他自己所说："不被认可是主人，那就活得没有尊严，活得低声下气，反过来也就纵容了胡乱用权的行为，纵容了腐败的滋长。现在是我最期待的生活，受人尊重，心情舒畅，风清月朗。"

这天，我看到陈先良又站在公示栏前。他衣服上的每一粒纽扣都扣得很严谨，他还是眯着眼睛细细察看着——村里一个水环境整治工程项目开始了。

出纳换不换 由谁说了算

黄坛镇斑竹园村是个移民村。

1958年建造黄坛水库时,斑竹园、斑竹两个自然村的村民一次性由山岙移到现在的居住地。为了让村民安居乐业,宁海县政府批准,在滨溪路边征地30余亩作为村民住宅用地。该新村从1995年开始建造,至今已有80%的村民入住。如今,斑竹园村除了拥有近4700亩山林和500多亩田地,另有分布于其他地方的土地和海塘。我曾站在茶院乡鸡笼塘的高处,眺望隶属于斑竹园村的海水养殖塘,深深陶醉于由海塘而形成的"沧海桑田"的壮美景色。

2013年年底,斑竹园村新一届村组织选举完成。新当选的村主任一上任,就要求更换村里的出纳。

村主任的要求也不是没有道理。他觉得原先那个出纳担任此项工作时间已经很长了,比较保守,少有新思路,应该换个新人试试。何况原来那个出纳连电脑也不会操作，而如今财务工作早已电子化、信息化，再也不是先前拨拨算盘记记账这么简单了，所以要跟上时代才行。

村主任跟镇里下派的联村干部和村支书细数自己要求更换出纳的理由，甚至说，要是不换，那他无法保证自己能够很好地完成镇里下达的任务和工作。

村主任指名道姓地提出了他的人选。

村民们得知村主任的要求后，反应各不相同，有人支持，有人反对。

尽管意见很不统一，但是有一点却是共同的，村民们普遍表现出一种担忧：要是村主任一个人说了算，想用谁就用谁，那很可能会任人唯亲。倘若村主任出于个人考虑，选的是他的"自己人"，那以后只要不是他的"贴己"，或者与他不合，便可能被撤换。如果这成为惯例，就很容易拉帮结派，抱团成伙，也会让监督打了水漂，成为一句空话。

村主任天天跑镇里，与联村干部软磨硬泡。

与此相对照的是，村里人一提起此事便不出声响。

一时间，村子里弥漫着一种怪异的气氛。换不换出纳，换谁做出纳，成了斑竹园村人人关注却又保持沉默的

第四章/重新发现村里的主人

事情。

说穿了，村民们心里不踏实，他们想要表达自己的意见，但是，这种事情向来是轮不上他们发言的，而且，现行的相关制度中并没有明确规定出纳必须由村民通过民主选举产生，也没有明确规定村主任不可直接任命出纳，所以，他们也觉得叫不响，没有多少底气。

老实说，我自己也听到过不少这样的案例。一些贪赃枉法的村干部在出纳等重要的岗位上使用亲信，形成利益小集团，这些亲信帮着他们进行贪腐，导致一旦东窗事发，便是"窝案"。所以，制度的不完善的确会让腐败分子有空子可钻。

现在，斑竹园村就面临这样一个问题：出纳换不换究竟由谁说了算？

显然，村主任和村民们有着不同的主张。

联村干部告诫村主任，如果强行更换出纳的话，极易导致村里的不和谐状态。

事情僵持在了那里。

直到《三十六条》施行，一切才都明朗化。

《三十六条》中第12项权力清单规定了村文书、出纳（报账员）的任（聘）用流程：首先，村党组织提议招聘方案和人员名单（人选与村党支部委员会、村民委员会、村股份经济合作社和村务监督委员会主要成员无近亲属或近姻亲关系）；接着，经三委联席会议商议；最后，由村民（社员股东）代表会议决议。

村主任和村民们纠结的问题因《三十六条》而有了明确的答案。

联村干部和村支书商量后提出，村主任要换出纳可以，但是必须严格按照《三十六条》规定，遵守村工作人员任用程序。也就是说，换人之事不是村主任一个人可以决定的。

于是，2014年3月，斑竹园村党组织在反复征求党员和群众意见后，决定通过提名并以差额选举的办法产生新的出纳。

根据众人建议，党组织推举了三个人选。在三委联席会议上，由于其中一个人选的兄弟是三委会成员，根据《三十六条》规定的近亲属或近姻亲应当回避的原则，当即被排除了。对此，村主任很是不满，因为这恰恰就是他认为最合适的人选，在他看来，这个人与他本人并没有亲戚关系，不存在用自己人的问题，所以，他坚持要将其列入候选名单。但是，现在真的不是村干部可以一人独断的

第四章/重新发现村里的主人

时代了,他的主张被三委会否决了。

事情还真的有点儿复杂。本来,剩下的两个人选只要经过村民代表会议选出一个来就是了,偏偏连村民代表都意见不统一。结果,村民代表会议决议,确认三委会提出的两个人选,同时还确认以二选一的方案,通过流动票箱投票的形式由每户人家派代表进行选举,最终产生一名出纳。

这真是一个漫长的过程。

村主任完全没有想到,自己想更换一名出纳竟会如此艰难。

村民们同样完全没有想到,自己真的可以用手中的选票,表达自己的意见,选出自己满意的出纳。

2014年4月,斑竹园村由每户代表对村出纳进行差额选举。

村民们非常珍惜自己手里的选票。整个送票箱的过程有序而庄重,村民们一边投票一边议论,没有一个人对这样的选举表示不赞同或不认可。大家都认为,这是《三十六条》带来的新的变化,不仅规范和约束了村干部的权力运行,也给了村民们一个自主选择的机会。有人说:"有《三十六条》撑腰,我们都敢于表达自己的想法了,而且觉得理直气壮。"

如今，谁都明白，出纳换不换，换谁，最后是村民说了算，得由村民来做主。

出纳的选举结果出来了。最终，一个年纪较轻，会操作电脑的"新人"胜出，虽然他并不是村主任极力举荐的那个人，但村主任对这个由大多数村民选出来的"新人"欣然接受，因为他得尊重村民们的选择，而且他也没有理由不信任一个得到大多数村民推举的人：乡村工作人员若有良好的群众基础，当然有利于工作的展开。

出纳的选举顺利结束了，斑竹园村并没有因此而陷入纷争，祥和的气氛在四处发散。

斑竹园村村民投票选出纳的那天，我又一次站在高处，眺望远方伸向海中的那一片片海塘，思考《三十六条》深得人心的缘由。我觉得其中有一个原因相当重要，那便是村民们真切感受到自己得到了尊重。

"尊重"，这个词最早出现在汉代。不论是西汉思想家、政治家、外交家陆贾撰写的政论散文集《新语》中的《资质》，还是东汉历史学家班固编撰的中国第一部纪传体断代史《汉书》中的《萧望之传》，使用这个词时，表达的都是敬重、尊贵、显要、重视之意，显然是高规格的。

但是，长期以来，乡村中的普通村民没有得到这般高规格的尊重，而是被漠视，被弃置，没有地位，没有权利，成不了"主人"。而《三十六条》真正体现了以人民为中心、坚持人民主体地位的意识，让普通村民获得了尊重。只有被尊重了，村民才会由衷地拥护和支持，才会激发起当家作主的热情。反过来，如果权力不给人民尊严，权力不为人民所用，那必然会为人民所抛弃。

对于宁海乡村的政治生态而言，2014年显然是个分水岭。

《三十六条》的实施让人们重新发现了村庄里的主人，他们不是村干部，而是每一个普通的村民——他们有尊严，有话语权，被平等地对待；他们在日常政治生活和社会生活中拥有广泛的、持续深入参与的权利；他们懂得并学会了将先前习以为常的麻木、自弃从内心深处清除出去。

第五章

实践是最好的学习

《三十六条》的执行需要学习，日臻娴熟。

《三十六条》本身在实践过程中也需要学习，与时俱进。

一次"不成功"的村民代表会议

那天晚上，我去茶院乡庙岭村旁听村民代表会议。

这次村民代表会议将对村环境提升项目和老橘园延长承包期方案进行表决。

庙岭村位于宁海县东部，距县城16.8公里，背依妙峰山麓，面临三门湾畔，因村庄后门山有岭，岭脚有庙，故名庙岭。庙岭村是个古村落，2017年11月，入选浙江省第一批省级传统村落名单。全村现有936户，2558人。庙岭村尽管三面有山，其地域却平坦宽广，既种茶叶，又种水果花木，形成了杨梅、水蜜桃、覆盆子等种植基地，因而经济比较发达，1994年便被宁海县授予"小康村"称号。

近年来，为了创建文化精品村，庙岭村在环境整治方面花了相当大的力气，村子整洁优美，新建造的亭台、公园古朴而幽雅，被列入"宁波市农村环境综合整治行政村"。为了促进传统村落历史与文化的传承和延续，村里决定启动环境提升项目。这个项目其实是一项系列工程，包括旧房改造、道路修建、庭院绿化、污水处理、河道整治等，总投资达300万元。另外，由于柑橘是村里的主要经济来源之一，所以橘园承包之事非同小可。

按照《三十六条》规定的"五议决策法"，环境提升项目和老橘园延长承包期方案已经过村党组织提议、三委联席会议商议、党员大会审议这三个流程，现在进入村民代表会议决议这一阶段。

村民代表会议在位于红桩溪畔的庙岭村办公楼一楼会议室举行。

这间会议室没有布置成举行圆桌会议的模样，桌子一排排地摆放着，墙上还有黑板，就像学校里的教室。

会议时间定在晚上7点。我6点50分到达的时候，会议室里已经坐满了人，还有人在陆陆续续地进来，他们坐下前先在村民代表会议记录本上签上自己的名字。

我明显地感觉到气氛似乎有些紧张。庙岭村有村民代表53人，实到36人。庙岭村的党员有70人。

这天，村民代表们和党员们都来了，而且，坐在主席台上的除了村支书、村主任，还有茶院乡的乡长。

3月的天气还有些寒意，但是，会议室的门却洞开着。

显然，村环境提升项目和老橘园延长承包期方案直接关系到村民的利益，因此村民的关注度极高，而关注度越高，工作开展的难度也就越大。事实上，老橘园延长承包期方案最后能否通过，连村干部心里都没有底。

为了化解难度，今天，村干部不仅拉来了乡长，还让党员都来参会，使得这一次村民代表会议显得不同寻常。

我看到村民代表们和党员们一个个都神色严肃，那些村民代表围拢在一起，小声地议论着。我听不清他们在说什么，只有窸窸窣窣犹如翻动书页的细微的声响。

会议开始了，村支书先让乡长讲话。

乡长的讲话其实就是个动员令。他说了村环境提升项目和老橘园延长承包期的重要性，希望村民代表们能站在高处来认识，尤其在老橘园延长承包期这件事上要顾全大局，让方案得以顺利通过。

乡长讲话之后，即进入村环境提升项目议题。

首先，村主任详细介绍了将提交村民代表讨论的旧房改造、庭院绿化和污水处理三项工程的方案。

由于村民代表没有什么异议，遂对这三项工程的方案进行表决。

事情非常平顺，全票通过。

随即，进入老橘园延长承包期议题。

村主任介绍情况道，老橘园原先的承包期为10年，由于出现了病虫害，不得不清除已经栽下的橘树，导致相当长一段时间为空白期，因此，承包方提出要延长承包期，延长期为5年。

村主任一开始介绍的时候，会议室里还比较安静，可不一会儿，村民代表们就显得不耐烦起来，继而众声喧哗。

我感觉到火柴似乎已经点燃。

听到具体的延长年限和承包款之后，忽然，原先喧哗的声音低了下去，有一刻甚至显得无声无息。

这般的悄无声息令我感到近乎窒息。

仅仅就是那么短暂的一瞬，突然间，再次众声喧哗。

几个村民代表同时站起来，你一句我一句地表达不满。

两个村民代表一下子站起来，冲出门去。

一个女村民代表用手机打电话："喂喂，老公，我告诉你，方案是这样的……"

"……"

"那你说，我该怎么表态？"

"……"

女村民代表听了她丈夫的意见后，迅速回到会议室。

一个中年村民代表同样在用手机打电话："……你们村里像这样的情况，延长承包期是多少年？承包款是多少？你告诉我一下，我好心里有数……"

原来，这个村民代表在向他的亲戚或朋友咨询。

听到对方的回答后，他也迅速地回到屋里。

这时，会议室里已像炸开了锅一样，人声鼎沸，许多人都站立着，都在顾自讲话，情绪激动。

我看到有人在劝阻，让站着的人坐下来："坐下来，坐下来，慢慢讲，一个个发言！"

我想，他们大概是党员。

这时，乡长再次讲话，再次表示，希望村民代表能顾全大局，让方案通过。

村主任大声地说："现在，开始投票表决！"

那些站着的人明确表示不同意仓促表决。

刚才那个女村民代表再次冲出门去。

"喂喂，老公，要投票表决了！你什么意思赶紧告诉我！"

"……"

"嗯嗯,知道了,知道了……"

受着丈夫遥控的女村民代表一边接听电话,一边快速地走进门来。

说实话,我看着这个女村民代表这样奔进奔出,不由得发笑,觉着有点喜剧的味道。

此时的会议室一片嘈杂。

局面显然已经失控。

乡长站起来大声喊话,试图挽回局面,但他的声音很快被淹没了。

突然,几个村民代表带着愠色甩手而去。

紧接着,呼啦啦地,不少人纷纷离开会议室。

村民代表会议不欢而散。

我不禁诧然。

无疑,这是一次不成功的村民代表会议。

但我很快就改变了看法。

我觉得,在有我这样一个"外人"在场的情况下,所有的村民代表都没想到为了要给我留下一个"美好的印象"而刻意为之,都没想到要顾及所谓的"面子",他们的表现完全是自然呈现。我看到的是一个真实的场景。虽然由于第二个议题比较复杂而最终导致会议"流产",但是,我却真真切切地感受到了《三十六条》赋予村民参与村里事务的决策的权利是如此坚决、如此铁硬。村民代表会议不能强制进行表决,没有通过的就是不行,而且,谁都无法左右村民代表的意愿,无法干预村民代表行使自己的权利。在这个意义上,这是一次成功的村民代表会议:村民代表真实地表达了自己的意见,拒绝了他们不满意的提案,随后,再次进入协商环节,最终使问题得到比较完满的解决。

我想,如果没有《三十六条》,这一切几乎是不可能的。或许,我看到的就会是另一种场景,但它很可能是虚假的,是无法体现村民真实意愿的。

开会也得立规矩

事实上,《三十六条》的实践并不是一蹴而就的,对于制度的设计者和执行者来说,都是一个学习和发现的过程。

比如,村民代表会议应当如何召开,这便是在实践中发现的一门学问、一个课题。

就我旁听的茶院乡庙岭村的那次村民代表会议来说,当然是不完美的,不论是主持者还是参会者,都因为缺乏像"五议决策法"这样清晰的规范性,而显得秩序、节奏乃至整个流程都有些混乱,最终不仅导致议题结果的"难产",也导致了会议本身的"流产"。

实践是最好的学习。

我们在民主建设上所力倡的"形成完整的制度程序和参与实践",也只有在实践中才能得以实现。不实践,就不会发现问题,也就不会去主动学习,不会去寻找解决问题的办法。

因此，主持《三十六条》制定工作的中共宁海县纪委很快就意识到，要将这项制度真正落实到位，每个环节都必须做到细致而精准。村民代表会议如此重要，当然也得规范，也得有规矩。

在《三十六条》出台一年后，2015年，《宁海县村民代表会议议事规则（试行）》推出了。其中，对如何召开村民代表会议做出了详细的规定。

在日常生活工作中，我参加过不计其数的会议，对于其中需要议事的会议，说实话，尽管时常感到问题多多，但因习惯使然也就不加质疑、不加改进，也不知道开会这件事是应加以学习的。

但习惯就是正确的吗？开会不该讲究吗？议事会议不应有规有矩吗？

在我仔细阅读《宁海县村民代表会议议事规则（试行）》后，我再一次被感动、被震撼了。

今天的中国农民已经在研究如何召开议事会议了，这是何等了得，何等非凡！

这样的努力、这样的追求、这样的变化，毫不夸张地说，是可以让全世界都为之惊叹的。它非常生动、非常深刻地向世人展示了既传承了中国传统文化，又有现代意识的当代中国农民的胸怀、眼界和精神内质,同时,也击破了"中国国民素质偏低,因而缺乏推行民主政治的基础"的偏见和短识。

后来,我又去跃龙街道大桥李村旁听了一次村民代表会议。

会议于晚上6点30分举行。

地点是大桥李村办公楼二楼会议室。

我走进去的时候,看到会议室正中放有一张硕大的长桌,围着长桌放了一圈椅子。

村民代表进来后先签到,然后围坐于长桌四周。

这次,除了村民代表,没有其他人员参会。

出席会议的村民代表都是提前三天收到会议通知的,除了会议时间、地点,同时也被告知了此次会议需要讨论和决定的事项。就在他们收到会议通知的同时,村公示牌也向全村村民告知了此次会议。提前三天告知村民代表和全村村民,使得村民代表有时间广泛、深入地听取村民们的意见,做好充分的会前准备。

会议主持人是时任村支书李桂兰。

会议开始前,会议记录员李忠德面对李桂兰,报告说:"应到村民代表30人,请假1人,实到村民代表29

人，确定有超过三分之二的村民代表参会。"

李桂兰宣布会议开始，并介绍说："本次村民代表会议有两个议题：一是村庄道路硬化工程，二是外口之家项目改建工程。"

然后，会议进入第一个议题。

时任村主任李如岗介绍了具体情况："村庄道路硬化工程开工后，发现施工图纸与实际规划不相符，现在施工方提出调整要求。调整涉及三个方面：第一，原来的300毫米钢筋混凝土一级雨水管改为400毫米UPVC双壁波纹管，原来的400毫米钢筋混凝土二级污水管改为500毫米UPVC双壁波纹管；第二，塘渣高度由原来的20厘米改为30厘米；第三，挖土量增加，导致道路路面土方和建筑垃圾超高，平均高度达37厘米，两户村民屋前的两大堆土方需要外运。"

接着，村民代表们就调整问题展开讨论。

李桂兰提醒大家："根据议事规则，要求发言的村民代表应当向主持人举手示意，每一个村民代表可以就本议题发言两次，第一次时间不超过十分钟，第二次时间不超过五分钟，发言时应该面对主持人，不能怀疑他人动机或进行语言攻击。"

按照李桂兰的要求，村民代表们举手发言。

村民代表胡伟峰说："两大堆土方的确需要外运，不然堆在村民俞科钢和胡余栋两户人家的门口，会直接影响到他们的生活。"

村民代表娄金涛问："为什么要将钢筋混凝土管改为UPVC双壁波纹管？"

李如岗做了解释："与传统的钢筋混凝土管比较，UPVC双壁波纹管有更好的刚度和强度，更加耐腐蚀、抗磨损、耐老化、抗震裂，钢筋混凝土管的使用寿命一般为20—25年，UPVC双壁波纹管的使用寿命则长达50年以上。"

村民代表葛娟冬说："这些多出来的费用应该按实际施工量来计算。"

……

村民代表们发言结束后，就是否同意对工程进行调整开始表决。

这次表决采取举手的方式。

李忠德察看后，向李桂兰报告说："一致同意。"

李忠德将表决结果记录在本子上，随后，村民代表一一签字。

我看了一下时间，这个议题总共用时 40 分钟。

会议进入第二个议题。

我看到村民代表们的神情显然多了些紧张。

一开始，还是由李如岗介绍情况："外口之家项目改建工程涉及 20 间房屋的拆除问题。我们请评估公司进行了评估，并按国家标准进行赔偿，提出了置换方案。这个方案是，补偿面积按 1∶1.8 的比例计算，也即 1 平方米的落地房补偿 1.8 平方米的套房，由村里建造新房给拆迁户。同时，我们再给予他们补偿款，补偿款为每平方米 3000 元（包括拆迁费、房屋造价和内部装修费等）。但是，拆迁户们却不接受这个方案，要我们把他们现有的房子整体收购去，而且提出每平方米的收购价为 13700 元。这样的价格村里无法承受，经过多次沟通仍无结果，协商工作难度太大，所以提交村民代表会议讨论，看看这个项目还要不要进行。"

这次，要求发言的村民代表明显增多。

考虑到意见可能会不一致，所以，李桂兰事先要求发言的村民代表按议事规则，采取正反方交替逐个发言的方式进行。

一名村民代表认为："这些住户的要求实在是太过

分了。"

另一名村民代表反驳说："他们可能认为自己的房子地段较好，所以要求高也是正常的。"

又一名村民代表说："住户的要求显然是不合理的。现在这里的房价哪有这么高的！按目前的市场价，他们的一栋房子也就值160万元，可现在却叫村里按300万元收购，怎么能够接受？"

又有一名村民代表反击道："谁能保证以后这里的房价不会到这个价位？"

先前那名村民代表立即打算回应，但他举手要求发言时，却被李桂兰阻止了。

李桂兰说："还有村民代表没发言呢。根据议事规则，在想要做第一次发言的村民代表发言之前，任何村民代表不能对同一个议题做第二次发言。"

这时，又一名村民代表表态："我认为，无法接受这样的要求。"

另一名村民代表则说："是不是可以再做做工作呢？村里和拆迁户各退一步。"

你来我往。

针锋相对。

但秩序井然。

我注意到,尽管意见各异,但是他们发言时并不是你看着我,我看着你的,他们按照议事规则,发言时一律都面对着主持人李桂兰。

说实话,我很想听听李桂兰自己的主张,她毕竟是村支书。但我马上想起来了,作为主持人,李桂兰是不得对讨论的议题进行表态的。

在接下去的讨论中,村民代表倒是达成了一致性的意见,都认为现在意见相左,而拆迁户的工作目前又很难做通,所以应该暂时搁置这个项目。

于是,进入表决。

还是采取举手表决的方式。

李忠德察看后,向李桂兰报告说:"一致同意。"

李忠德又将结果记录在了本子上:"因与住户协调难度大,住户要求过高,经由村民代表会议讨论决定,暂停外口之家改建工程项目。"

村民代表一一签字。

第二项议题完成后,主持人李桂兰做了会议小结:"今天的村民代表会议就村庄道路硬化工程和外口之家项目改建工程两个议题做了讨论,最后,经过表决,第一个议题的结果是同意调整雨水管、污水管的材质，增大管口，同意超高土方和建筑垃圾的外运，价格按实际情况计算。第二个议题的结果是暂停外口之家项目改建工程。会议决定即行向全村村民公示。"

李桂兰宣布会议结束。

我看了一下表，此时是北京时间晚上8点10分。

散会后，我很兴奋，有一种特别的新鲜感和新奇感，这真是前所未有的体验。但这次会议带给我更多的是一种振奋感，我还从来没有参加过这样有规有矩的会议，这样充分体现民主集中制原则和精神的会议，这样具有高效率的会议，这样让每一个参会者都畅所欲言、心情舒坦的会议。

一个会能开成这样，我从心底里觉得，宁海乡村的农民太了不起了。

他们何尝不是今日中国的形象代表？他们的努力何尝不是中国社会进步的标志和方向？

他被通报批评了

那天，在大桥李村旁听完村民代表会议后，时任村主任李如岗送了我一程。

李如岗出生于1976年，是个年轻的村主任。他面带福相，看上去很敦厚，说话温和而沉稳。

李如岗在村主任任上，是做出了有目共睹的成绩的。

就说外口之家项目改建工程吧，李如岗是一心想着为村里开辟更大的发展空间的。

大桥李村是典型的城中村，地处宁海县城中心，楼宇鳞次栉比，吸引了大量的外来人员在此居住。如今，全村有220户，654人，但外来人口却超过了5000人。外口之家项目改建工程如果上马，拆除横亘在村中的20间房屋后，就能实现南与世贸中心接轨，北与紫金花园相衔。这对于提升村里的整体经济无疑是有益的，能使村子进一步融入现代都市圈中，而且还能为村里的失地农民带来更好的生活保障。根据工程方案，失地村民每个人可以分配到30平方米的住房，如果他们将房屋出租给外来人员，每年的收入也相当可观。作为村主任，李如岗希望这项工程上马，也是有其凌云壮志的。

虽说根据《三十六条》规定的"五议决策法"流程，村民代表会议决定暂停这个项目，让李如岗多少有些失落，但他明白，尊重村民是他唯一的选择，所以他表现得很是坦然。他跟我说："我得听从村民的意愿，尊重他们的选择，一切倚仗权力强制村民执行的行为都是要不得的。"

如果换作以前，情况就不会是这样了。随着城市化进程加快，大桥李村从1999年开始大规模的拆迁，将农田变为现代居住区域。在这过程中，由于村干部工作中存在的问题，包括强制执行违背村民意愿的措施、方案等，一些村民感觉不公平、不公正、不公开，曾多次进京集体上访。

李如岗耳闻目睹，深有感触，尤其在《三十六条》出台后，更是告诫自己应该充分尊重村民，一切为村民着想，践行全心全意为村民服务的宗旨。

基于这种思想，李如岗在迁坟这件事上的表现，让他在村民中赢得了高分。

那是在李如岗上任不到三个月的时候，他接到了上级部门下达的任务：为了建立宁海县最大的养老中心，需要征用村里所属的一片山林，这就必须迁移山林里的坟墓，而且要在限定的时间内完成，期限为40天。

李如岗想，这迁坟可非同寻常，甚至比拆迁房屋难度更大，因为在中国人的传统观念中，老祖宗的坟墓是动不得的。

所以，当上级部门布置工作时，面对强制性迁坟的方案，李如岗坦实地说："这是不可以的。如果用强制性手段去迁坟的话，按照当地风俗，老百姓会跟你拼命的。迁坟这项工作一定要慎重、细致，因为这关系到尊重中国的传统文化、尊重老百姓的传统习俗，关系到村里的稳定与和谐，所以，我必须先做通村民的工作才能迁坟。如果一定要我动用强制性手段，那我情愿不做这个村主任——这是符合《三十六条》对我们村干部提出的要求的。"

我觉得在这件事上，李如岗说得非常好。要不是有了《三十六条》，他说不定会成为一个与村民的心距离遥远的村干部，醉心于权力，而不是真心实意地做村民的公仆。《三十六条》之所以得人心，就在于既充分地尊重村民，同时也充分地考虑到村规民约，并与之契合。老实说，我认为，作为《三十六条》最重要的执行主体的村干部，如今在民主意识、群众观念方面甚至已远远超过某些上级干部——后来在岔路镇湖头村发生的一件事情就证明了我的看法。

李如岗的工作是做到位的。大桥李村需要迁移的坟墓多达上千座，李如岗和其他村干部不分白天黑夜地一户户地做村民的思想工作，经过细致的情况摸排后，知晓了有多少户人家不愿迁坟，不愿迁坟的理由是什么。在此基础上，村干部开展一对一的工作，晓之以理，动之以情，并最大限度地维护村民的权益。

李如岗告诉我，那一阵子，他每天晚上都会约上牵涉迁坟的村民一起散步谈心，与他们沟通情况，倾听他们的想法，了解他们的意愿，尽量帮他们解决提出来的各种问题，让他们感受到村干部的诚意，配合村干部的工作。

李如岗每天散步回来，都累得抬不起脚了，以至于他母亲都说："你这是何苦啊！弄不好，还要被人戳着脊梁骨骂一辈子！"

有一个村民的祖上七八辈都葬在一起，坟墓有40多座，他提出要求，每一座祖坟迁移后都要给一个新的墓穴。但是，村里此次可以提供的迁坟用墓穴总共不到40个。最后，经过反复协商，李如岗提出建造一个大墓穴，将他家那些先人合葬在一起，这才解决了问题。之后，那户村民很快就同意迁坟了。

最终，李如岗提前15天完成了全部迁坟工作，而且没有一户村民因为不满而上访。

让我没有想到的是，就是这样一个拥护《三十六条》的村干部，由于在工作中没有严格执行《三十六条》而受到了警诫。

2016年3月，大桥李村召开村民代表会议，决定启动村新建道路二期工程。由于工程估算价格在5万元以内，按规定无须进行公开招投标，村里便直接委托了一家公司接下工程。不料，最后结算时，却发现工程款高于5万元。按照当时的《三十六条》规定，凡超过5万元的工程项目必须进行招投标，这就意味着作为村主任的李如岗在村级事务民主管理中未正确履行职责。

根据《宁海县农村干部违反廉洁履职若干规定责任追究办法（试行）》有关规定，跃龙街道纪工委于2016年10月11日对李如岗进行通报批评。

那一天，黄昏时分，李如岗的身影被夕阳拉得有些长，有些落寞。

如果说，那天我在旁听茶院乡庙岭村村民代表会议时，看见那名女村民代表奔进奔出，觉着有点喜剧的味道的话，那么，此时的李如岗则让我觉着有点悲剧的色彩。

其实，喜剧也罢，悲剧也罢，这都是实践中的学习。

我跟李如岗说："吃一堑，长一智。这就像是学步，跌倒了，爬起来，继续走，你才会愈加严格地执守《三十六条》，而你自己也会更加成熟。前面的道路更加宽广。"

我向来认为，个体的问题很多时候也是公共的问题。事实上，因工程款在5万元之内而没有进行公开招投标，但结算时却因高于5万元而被追究责任的不止李如岗一个人。

同样是城中村的梅林街道九都王村，在做新规划区调整时，决定加建道路，筑路需要填方，经估算，道路填方工程款在5万元以内，属微型工程，因此未公开招投标。但在实际施工中，由于增加了工程量，后按土方车数结算，工程款达到163342元，远远超过了先前的估算。显然，这违反了《三十六条》。

街道纪工委介入调查，发现情况属实，随即对时任村支书、村主任、村经济合作社社长、村监会主任四名村干部做出了通报批评的处理，并扣除全年薪酬的15%。

梅林街道纪工委在通报中指出：要从中汲取教训，引以为戒，认真学习、贯彻落实《三十六条》，加大对农村干部在小微权力运行过程中的事先监督，发现问题及时提醒，及时纠正，防止类似行为的再次发生。

我注意到其中的"学习"两个字。

民主是个学习的过程。

《三十六条》的执行需要学习，日臻娴熟。

《三十六条》本身在实践过程中也需要学习，与时俱进。

而实践中的学习最直接，也最有效。

比如，通过实践，不少村干部和村民表示，以5万元界定微型工程的确给开展工作增加了不少难度，运转效率不高。本着实事求是的精神，后来，在《三十六条》的修订中，对界定微型工程的5万元限额做了调整。

第六章

这里只相信阳光

众多外出的农民将回归乡村。相信那时，他们的精神面貌已改；相信那时，村庄已是一派他们所期待和追求的风光——阳光昭昭，乾坤朗朗。

村监会有了落脚点

2017年12月,中共中央办公厅、国务院办公厅印发了《关于建立健全村务监督委员会的指导意见》,并发出通知,要求各地区各部门结合实际认真贯彻落实。这是中共十九大后,中央就加强村务监督,防范基层腐败作出的重要部署,也是全面贯彻十九大精神的重大举措。

说起村务监督委员会,就要追溯到2004年。

那时,浙江省金华市武义县白洋街道后陈村由于监督缺失,村干部滥用权力,以权谋私,导致财务不公开、决策不民主所产生的村务纠纷不断,连续两任村党支部书记都受到党纪处分。面对乡村治理乱局,中共武义县委决定在后陈村进行村务监督委员会制度创新试点,探寻促进乡村社会和谐稳定之道。2004年6月18日,后陈村建立了全国第一个村务监督委员会,由此迈出了中国建立村级监督组织的第一步，掀开了中国农村基层民主政治建设的新篇章。

2005年6月17日，时任中共浙江省委书记习近平到后陈村调研并在村里主持召开座谈会，对后陈村经验给予充分肯定，他说他一直关注着后陈村的村务公开和民主管理工作，认为这是农村基层民主的有益探索，方向肯定是正确的。随后，"后陈经验"在浙江省实现了全覆盖，2010年更是被写进《中华人民共和国村民委员会组织法》，"治村之计"上升为"治国之策"。

2017年8月29日，习近平总书记主持召开中央全面深化改革领导小组第三十八次会议。这次会议审议通过了《关于建立健全村务监督委员会的指导意见》。会议指出，建立村务监督委员会，是健全基层民主管理机制的探索性实践，对于从源头上遏制村民群众身边的不正之风和腐败问题、促进农村和谐稳定具有重要作用。

明朝政治家、改革家，万历年间的内阁首辅张居正曾说："盖天下之事，不难于立法，而难于法之必行。"制度的生命力在于执行，否则再好的制度也形同虚设。在实际工作中，我们看到，一些地方虽然建立了村监会，却有牌无实。村监会成员监督不力，以致村监会沦为空架子，成了个摆设。中共中央办公厅、国务院办公厅此番印发《关于建立健全村务监督委员会的指导意见》，目的就是要让村务监督工作更加扎实，更加完善，更加强硬。

而宁海县的实践正是符合这一要求的。《三十六条》明确规定，村务监督委员会是村里执行《三十六条》和村干部廉洁履行职责的专门监督组织，这使村监会的工作有了具体的落脚点。

梅林街道曾给所辖行政村的时任村监会主任布置过一篇命题作文："说说《三十六条》实施前后的你。"

梅林村村监会主任任建敏是这样说的：

> 如果将村务运行比作足球比赛的话，村监会就是个裁判员。但要是没有一个公开透明的比赛规则、监督规则，没有对违规者的惩处，裁判员个人能力再强，也无法组织好一场比赛。虽然按国家法律，村里早就设立了村监会，但由于村务运行不公开透明，缺乏明确的监督程序和有效的监督载体，因而无法有效地实施监督。
>
> 《三十六条》施行后，情况就不是这个样子的了。
>
> 第一，在监督程序上，《三十六条》变被动监督

为主动监督。以前,村监会的工作职责和履职要求虽有规定,但不具体,操作性不强,所以工作也就很难到位。在实施监督过程中,如果你责任心强一点,过问一下,有些人就认为你管得太多太严,有意刁难,不讲人情,是故意出难题,你碍于情面就可能放弃了。现在不同了,《三十六条》出台后,哪些事项需要监督,怎么监督,都规定得清清楚楚,这给村务监督指明了方向,也给村监会履职撑起了腰杆子。如果村监会不去主动监督,村民就会有意见。现在,就连村干部都明白,要全面接受群众的监督,什么都要放在阳光底下。

第二,在监督内容上,《三十六条》变单一监督为全面监督。原先,村监会更多的只是监督财务管理,在发票上签个字就是了,可现在不仅是财务,决策议事、项目推进、村级组织人员(如出纳和文书)的任用、上级部门的补助、误工人员的报酬、物资服务的采购等,只要是跟村里老百姓相关的事情,我们都要全程监督。村民形象地说,村监会就是村里的"纪委"。

第三,在监督方式上,《三十六条》变事后监督为全程监督。以前，我们村监会都是事后监督，村里开支发生的发票，村支书、村主任都已经在上面签了字，然后拿来让我们签个名盖个章了事，事实上不存在相应的监督，我们不知道这钱是怎样确定用处的，更不知道这钱该不该用，可钱却已经被用掉了。要是你询问一下，有人可能就会认为你这是找麻烦，所以，常常就没责任心地在发票上签字盖章了，其实心里是很委屈的。有了《三十六条》就不一样了，监督工作成了事前、事中、事后的全程监督。由于方方面面都了解掌握，监督起来也就得心应手，工作很顺畅，从以前的马后炮变成了现在的马前卒。事前监督可以防患于未然，纠正起来比较容易，相比事后监督，往往监督成本低，社会伤害小。就说村级工程吧，按照《三十六条》的规定，村监会从工程立项决策，到工程招标、设计变更、质量验收、工程款拨付，全过程都要进行监督。现在，我们村监会也有了"履职监督清单"，每一个事项，都要拿着"村务监督对账单"和"村务监督明白卡"一一监督，每个环节都不落下。

我读任建敏这篇"作文"时，很能体会他说到的三种变化。先前，监督程序、监督内容、监督方式不明确，导致村监会在行使监督权时无从入手，这便出现了"同级监督软弱"的现象，而《三十六条》使村监会的履职监督有了清晰的目标和方向，从而变得能监督、敢监督、会监督了。

梅林陈村村监会主任徐能盛是这样说的：

我工作一向认真负责，没有想到，这次却被街道纪工委警示谈话了，这让我有点懊恼。

《三十六条》出台前，我们村里干部的年终报酬都是通过现金支付的方式发放到村干部手中的。作为村监会主任，我年年按惯例执行，想不到，在2015年年初支付村干部2014年年终报酬时出了问题。

街道纪工委找我警示谈话是这样说的：在2015年年初支付村干部2014年年终报酬的支出环节中，你们村里根据村级财务开支流程操作，按两委会审批签字、村监会审核签字、出纳审核等程序规范操作，但是，因为该笔费用支出在10000元以上，根据《三十六条》中"村级财务管理事项"的相关规定，只有

1000元以下的小额开支才可以用现金支付，所以这笔费用应该通过街道"三资"管理服务中心转账支付。

  我之所以很懊恼，是因为《三十六条》其实明确规定了费用开支应该如何支付，给我们村监会人员明确了监督职责，可我偏偏没有认真学习、认真执行，说白了，这是习惯使然。结果，我不想犯错也犯错了，在村干部年终报酬支付中监管不力，没有很好地履行村监会主任应有的职责。村民认为，这是我的失职行为，我当然认了。街道纪工委对我进行警示谈话，向我敲了警钟，希望我能以此为戒，积极整改，下不为例。这次警示谈话，给我上了一堂极其深刻的《三十六条》规范操作教育课。我认识到只有好好学习并严格执行《三十六条》，工作才不会出差错，才能不辜负村民对村监会的信任与托付。

  我一边读着徐能盛的"作文"，一边想：中央作出建立健全村务监督委员会的部署，这是加强对小微权力运行进行制约和监督的组织保障，是完善基层监督体系的制度保障，是增强民主监督和群众监督合力、减少"小微腐败"存量、遏制"小微腐败"增量的有力举措。而《三十六条》则使这项部署更加细化，更具操作性，并实现了全面监督、全程监督和全员监督。事实上，《三十六条》对村监会及其成员也提出了更高的要求，需要他们有更高的素质、更多的责任心，如果还是停留在老观念、老惯例上，那么就会跟不上形势的发展，就会让村民群众不满。村监会既是监督者，也是被监督者，同样受到村民们的监督。如果有了制度而不执行，那村监会就会流于形式。

　　宁海乡村的村民们都这样说，村监会做得好不好，就看《三十六条》执行得好不好。

打通"最后一公里"

这天,吃过晚饭,胡陈乡梅山村的时任村支委、文书蒋利军正坐在院子里乘凉,突然,60多岁的女村民严根婉急匆匆地推开了他家的大门。

严根婉的手里拿着《三十六条》的小册子,她犹犹豫豫地问:"这本小册子是当真的吗?"

蒋利军笑了,说:"当然是真的,上面写的都要一条条严格执行。"

严根婉坐了下来,但看得出,她心神不定。

蒋利军问道:"你为什么要怀疑啊?"

严根婉回答:"以前很多事不都是走过场的吗?到头来还是竹篮子打水一场空。"

蒋利军说:"现在不会这样了。《三十六条》是必须遵守的制度!你是不是发现了什么问题?"

严根婉翻开小册子,指着"村民救助、救灾款申请事项"中所列的条款说:"这一条是办理被征地农民基本生活保障参保登记办事流程图。我读了以后想起来,我们村在 2008 年时,因县里建设工业园区,好些农户的土地被征用过,我家就是其中的一户,应该符合这一条里所说的被征地农民基本生活保障参保条件的,但村里却没有给被征用土地的农户办理过这个保险。"

蒋利军一听,顿时站了起来,接过严根婉手中的小册子,细细读了起来。

第 23 条权力清单明确规定,被征地农民可以办理被征地农民养老保险,其流程首先是个人申请,接着,由村委会初审并按规定公示,然后,报乡镇(街道)保障站(所)审核,最后报县社保中心核准、收费、发放。村委会作为第二个流程的操作者,应该查看县国土部门批准征地的文件,提供参加被征地农民养老保险的申请表,制作参加被征地农民养老保险花名册。

蒋利军心想,怪不得严根婉找上了门来。

如果符合条件,而村里却没有为村民办理被征地农民养老保险的话,那对于被征用土地的村民来说,岂不是巨大的损失?

严根婉还是犹犹豫豫地发问:"这个事情已经过去几

年了，现在还来得及弥补吗？"

蒋利军回道："我立刻来问。"

蒋利军感到事关重大，当即打电话向梅山村村支书和村主任做了汇报。

村支书和村主任雷厉风行，得知情况后，当晚就召集村干部坐在一起商量，大家都认为，作为村干部，如果该办的事情没有为村民办好，那就是渎职。

第二天一早，蒋利军就赶到胡陈乡劳动保障站做了咨询。

原来，在城市化进程中，出现了一大批因政府统一征收农村集体土地而失去全部或部分土地，且征地时对所征土地享有承包经营权的农民。他们在失去土地以后，也就失去了基本的经济来源，面临着很大的生活压力，尤其是年龄较大又没有一技之长的农民，很难再就业。为保障这些被征地农民的权益，国家出台了被征地农民养老保险政策，以解决被征地农民的长期基本生活保障的问题。被征地农民养老保险制度规定了不同年龄的被征地农民可以享受不同的养老保险金待遇，其中对于男性年龄在60周岁以上、女性年龄在55周岁以上的失地农民，地方社会保障部门根据每年养老保险金水平，按15年期限，从政府土地征用收益中扣除一部分资金用于养老保险费用的支付,个人不负担缴费,且从失地的当月起,就开始领取养老保险金。

蒋利军了解情况后,觉得这真是个好政策,让失地农民有了基本的生活保障,也有利于社会的和谐稳定。对严根婉这样的老人来说,不用个人缴费,每个月就能拿到一笔养老保险金,也是相当大的安慰。

可现在的问题是,胡陈乡劳动保障站认为,梅山村的征地已是多年前的事了,今天才想起来办理,实在是太晚了。

这也正是严根婉心神不安的原因。

村干部拿着《三十六条》与胡陈乡劳动保障站沟通,认为既然这是制度,那就应该执行制度,不然村民们会不信任《三十六条》的。胡陈乡劳动保障站随即将此事报宁海县人力资源和社会保障局,最后,在各方面的协调之下,梅山村的失地农民终于可以补办被征地农民养老保险了。

消息传到村里后,严根婉悬着的心总算放了下来。

梅山村立刻召开村民代表会议,村民代表们一致同意办理被征地农民养老保险方案。会后,全村失地农户按照

《三十六条》所列出的要求，翻找当初的征地文件，准备相关资料。蒋利军这才发现，其实村里符合条件的失地农民多达50多人，而且基本上都是像严根婉这样的老人。

那些天，蒋利军可忙坏了！由于这些老人文化水平不高，所以他帮着他们一个个地填写被征地农民养老保险申请表，然后马不停蹄地去乡里为他们办理参保手续。

一个多月后，大功告成，梅山村的失地农民都办理好了被征地农民养老保险。

严根婉喜滋滋地拿到了养老保险金。

蒋利军对严根婉说："这事还幸亏你提醒，不然，全村那么多老百姓就失去参保的机会了。"

严根婉说："应该感谢《三十六条》，一本小册子，挽回了大家的福利。"

后来，我曾追问过蒋利军："为什么当时的村干部在村民被征用土地后，没有及时为他们办理被征地农民养老保险？"

蒋利军的回答是："可能连村干部都不知道国家有这样的政策。"

可我总是存在疑惑，失地农民养老保险政策对于农民来说，是直接关系到他们的生活和权益的大事情，作为村干部理应关注和关心，如果他们真的不知道，那除了政策下达不畅外，是不是还有他们自身不上心的问题呢？

长期以来，国家将农业、农村、农民问题当作关系国计民生的根本性问题，推出了一系列解决"三农"问题的政策，但是，我们在实际工作中看到，这些政策在下村途中却常常卡在了"最后一公里"。

说起来，国家政策落实到农村的"最后一公里"，需要由村干部来打通。村干部是一个非常关键的角色，具有将国家政策送达每一个村子、每一个村民的作用。如果村干部没有一心一意服务村民的自觉意识，没有想村民所想，没有心系村民，没有高度的责任感和使命感，甚至出于私欲，胆大妄为，跳过路障，越过雷池，将"最后一公里"走得随心所欲，走得歪歪斜斜，那就会犹如聋子和瞎子，对应该知道的国家政策不闻不问、不管不顾。这样，国家政策当然就进不了村子，村民的利益也就得不到由国家提供的保障。

《三十六条》将国家政策清晰、明白地写入其中，像阳光一样照到每个角落，由此填平了国家政策下达与贯彻执行者之间的信息鸿沟，填平了村干部和村民群众之间的信息鸿沟，从而破除"中梗阻"，打通了政策下村的"最后一公里"。这样的努力，也实现了国家对农村由粗放式的松散管理向规范化的精细管理的转变。

在梅山村失地村民补办被征地农民养老保险这件事上，我看到《三十六条》在落实国家农村政策方面打通"最后一公里"所显示出的强大力量。《三十六条》非但将先前因太过繁杂而导致村干部认为"看不懂""看不了"的国家政策直接引入，并标明详细的操作流程，而且还使村干部在被村民监督之下，不得不主动关注、研究、落实各项国家政策，从而使国家政策无障碍地进村入户。如果没有《三十六条》，那梅山村的失地村民就不知道国家的相关政策，就不会倒逼村干部从不知道到知道，从不执行到执行，那么，就会失去获得国家政策给予他们的关怀、关照、关心的机会。

说到底，"最后一公里"的打通还得依靠制度这把尚方宝剑。

『最多跑一次』

深甽镇大洋村村民刘和琴怎么也没有想到，这次她家的宅基地申请会这么快、这么顺利地就批下来了。

仅仅在一个月前，年近60岁的刘和琴才刚刚提出宅基地申请。

刘和琴家只有一栋平房，还是二十世纪六七十年代建造的，平房里只有两个房间，一间是卧房，一间是厨房。经过那么多年之后，房子已很老旧了，屋里的设施也挺简陋。刘和琴的丈夫已经过世，留下她和两个儿子。如今，小儿子要结婚了，所以，一家人商量了一下，决定在村子里再盖一栋两层楼的房子。

刘和琴为此向村里提出了宅基地申请。

按照以往的情况，宅基地的审批可不是件容易的事，不跑个几趟肯定是批不下来的。

刘和琴做好了漫长等待的心理准备，小儿子操办婚事的具体时间也因此而定不下来。

可刘和琴没有想到,现在不同于过去了,现在有了《三十六条》。

村里得知刘和琴的申请后,即进入了《三十六条》第20条权力清单规定的流程。

村委会先行初审,认为刘家情况属实,建房要求符合国家相关规定。接着,由村民代表会议讨论,没有反对意见,只是要求新建房屋挂在刘和琴的名下。村民代表会议决议通过后,即向全村公示7天,这份公示中包括建房户姓名、四至(即地籍上每宗地四邻的名称)、间数、层数。

公示结束后,刘和琴这才为了办理自家的宅基地手续去跑了一趟,可就是这一趟,也都没有跑出村子。

刘和琴跑到村办公楼,将宅基地审批需要的材料全部交给了村文书。

这一趟跑完后,刘和琴只需待在家里,坐等消息。

后面的事情都交给村里,无须刘和琴自己去跑了。

村文书将刘和琴的申请材料交到镇里的乡镇城建办,由其审核选址是否符合村庄规划,绘制建房总平面图(包括四至、尺寸、间距、层数、室内外地坪标高)、立面图、剖面图。国土所则审核建房条件,核对用地是否符合土地利用总体规划，涉及农用地的需办理农用地转用手续，并对上报建房户名单批前公示。然后，经县规划局审核、乡镇（街道）审批、县政府盖章后，向县规划局申领规划许可证，再由国土所和乡镇（街道）规划员现场放样。

一周后，审核批复出来了。

当联村干部和村干部来到刘和琴家，将宅基地批复送到她手中时，刘和琴简直不敢相信，她还以为要她补办什么手续呢！当她看到盖着红色大印的宅基地申请的批复时，才确信她的申请真的已经批下来了。

刘和琴掰着手指算了一下，从她提出申请到拿到批复，不过才一个月，而且，为家里这么一件大事，她才跑了一次。

刘和琴说："有了《三十六条》，我们老百姓办事真的是'最多跑一次'了。这可真好，我小儿子的婚事可以排个具体的时间表啦！"

如今，《三十六条》已成为村民的一站式办事指南。

其实，在实践过程中，宁海乡村还在探索能否将"最多跑一次"工作做得更深更细，甚至做到"一次也不跑"。

梅林街道新庄村的党员村民刘江海，1956年出生，30岁不到就入了党，现在已60多岁了。这些年，他的生活过得很不容易。儿子离异后就把孙子送到他身边,平时很少来探视。刘江海的妻子因罹患肺癌,动了手术后,一直在治疗中,花费很大,已经欠下不少债务。

刘江海每隔两周就要带妻子去杭州看病,非但来回奔波,还增加了出行费用,既费时又费钱。为了增加点收入,刘江海外出去做保安,但每月所挣的钱用于妻子和孙子的开销都还不够。

刘江海陷入经济困境。

那天,联村干部和村干部来刘江海家探望时,刘江海随口问了一句:"我看《三十六条》中有一条权力清单是党内关爱基金申领,我不知道自己是否符合条件。"

按照流程图,党内关爱基金先得由个人提出申请或支部动议,随后再经过几个流程:支委会研究提出意见、支部党员大会讨论通过、总支部委员会或党委会议研究,结果公示后再由联村干部、联村领导复核,提交乡镇(街道)党(工)委审核同意。完成这些程序后,才能获发党内关爱基金。

联村干部和村干部听到刘江海的询问后,当即表态:"你这就是口头申请了,放心吧,我们会按《三十六条》立刻办理的。"

马上，联村干部亲自将街道党内关爱基金救助申请表送到刘江海家中，并帮他一一填好，然后送交新庄村村支书，村支书非常了解刘江海家的情况，立即召集相关会议，会议通过后即进行公示。联村干部和联村领导不停不歇地做了审核，然后，提交至梅林街道负责党内关爱基金的组织。

申请很快就批下来了，联村干部和村干部将2000元党内关爱金及时交到了刘江海手中。

刘江海非常感动，因为他不仅感受到组织的关怀和温暖，而且也感受到，《三十六条》让村民办事不再遇到推诿扯皮，因而越加便捷了。

刘江海这次按《三十六条》申领党内关爱基金，真的做到了"一次都不跑"。

2014年8月，时任宁海县委书记褚银良在《求是》杂志第16期上发表《小微权力也要关进笼子》一文。文中说："权力清单充分考虑农村实际，大幅精简操作环节，除了村庄规划等重大事项，其他的流程都控制在五步左右，极大地提高了村民办事效率。根据小微权力流程图，群众办事不再像以前那样，今天要提供这样资料，明天要出具那样证明，来回跑多次。现在，只要按照权力规范一次性提供相关资料，剩下的都是村干部的事。"

的确，我在宁海乡村深切地体会到《三十六条》在便民服务方面进行的努力。许多村民告诉我，现在他们办事爽气多了，很方便，也很有效率。《三十六条》对村民办事需要提供什么资料、具体找什么人办理都写得明明白白，一次完成，避免了来回跑。而且，村民可以对照流程图，直观明了地知晓事务办理的具体步骤、时间期限，并享有一次性告知、限时答复、按时办结等权利，知情权和监督权得到了有效保障，也防止了村民因不了解政策而被个别村干部糊弄，杜绝了村干部利用熟悉政策的优势搞权力寻租。

2017年5月22日，浙江省发布实施《政务办事"最多跑一次"工作规范》，这是全国第一个以落实行政审批改革为内容的省级地方标准。该标准规定，一件事情，涉及一个部门一个办理事项、多个部门一个办理事项、一个部门多个办理事项、多个部门多个办理事项的，都适用"最多跑一次"。

"最多跑一次"改革是政府简政放权、放管结合、优化服务（简称"放管服"）改革的重要内容，是践行以人民为中心发展思想的具体行动，制定和实施"最多跑一次"系列地方标准是深化改革的方法和路径。2018年1月23日，习近平总书记主持召开的中央全面深化改革领导小组第二次会议审议了《浙江省"最多跑一次"改革调研报告》，充分肯定了浙江等地针对群众反映突出的办事难、投诉举报难等问题，从优化审批流程入手，推动实施"最多跑一次"改革，取得积极成效。会议指出，各地区要结合实际，善于从基层和群众关心的问题上找出路、找办法，加大体制机制创新，以实际行动增强群众对改革的获得感。在《国务院办公厅关于对国务院第四次大督察发现的典型经验做法给予表扬的通报》中，也表扬了浙江省推进"最多跑一次"改革方便企业群众办事。

由于实施《三十六条》，宁海乡村在这方面的实践落到了实处，也跑在了前面。如今，浙江省"最多跑一次"越跑越顺，并跑向了全国。

丰富的民主形式

这天晚上,桑洲镇下洋周村村委会的会议室灯火通明,50多名村民代表齐聚一起,讨论《下洋周村村规民约》。

下洋周村村干部根据镇里的要求,将这件事情做得很细致。开会之前,向每家每户发放了征求意见单,请村民们为这份村规民约提出意见和建议,以确保村民的参与度和知晓度。

村民们对制定本村的村规民约表现出极大的兴趣。从前,村规民约都是沿袭下来的"老规矩",大多没有文字,只凭口口相传,遵守不遵守全在自觉。现今要用白纸黑字写下来,成为村里的"村法",人人必须遵守,还会成立村执约队进行监督,确实是件破天荒的事儿。

这些天,村里的公示牌前很是热闹,村民们对张贴出来供讨论用的村规民约争相评论。

这份村规民约涉及婚姻家庭、邻里关系、美丽家园、平安建设、民主参与、民主监督、奖惩措施等。村民们发现，其中不少的条款都来自《三十六条》，"民主监督"这一章的第一条就直接规定："村级事务要严格按照《宁海县村级小微权力清单三十六条》执行，规范操作程序，接受群众监督。"

下洋周村的村民们已经在实践中体验到《三十六条》是保障他们的尊严和权益的好制度，认为"要想村庄发展好，《三十六条》是法宝"，所以，对这样一份村规民约也就抱持了一种好感。

果然，在村民代表会议上，下洋周村的村规民约没有悬念地一致通过了。

我一直在想，《三十六条》为什么能在宁海乡村如此深入人心？除了反映了人民群众对规范村干部的权力运行、反腐倡廉扑打苍蝇、让人民群众得到尊严、用制度保障人民当家作主的强烈意愿之外，是否还因为其根据农村实际，采用了人民群众能够接受、乐意接受的方式呢？

现在我看到了，制定村规民约就是极好的一招。

中国农村社会向来具有浓厚的宗法色彩，以宗族为经纬编织社会关系，人情网庞大而坚固，因此，宗族在农村一直是社会治理的重要力量。一个家族讲究的是"家法"，一个村庄讲究的是"村法",从某种意义上说,"家法""村法"具有不可小觑的效用和权威。因此,宁海县积极引导全县所有的村(社区)通过村(居)民代表会议,将《三十六条》纳入村民自治章程,使《三十六条》成为有约束力的村内"行政法",由此全面激发村干部和村民实施《三十六条》的热情,同时,也让农村社会最难过的"人情关"和"法治关"在最大程度上得以贯通起来。

两千多年来,中国农村始终在探索乡村治理的方法。从农耕文明的乡绅治理到现在村民委员会的建立,中国乡村治理正阔步跨入法治化的时代。而纳入《三十六条》的村规民约,是乡风文明建设的有益尝试,吸收了中国农村传统中的精华,已被证明是更能得到村民群众的理解和拥护的。

不过,我想,我还要继续探寻《三十六条》为什么能在宁海乡村如此深入人心的最终答案。

下洋周村的村民代表会议在表决通过《下洋周村村规民约》后,即选出了村执约队队员,他们将监督村规民约的有效实施,使之成为包括村干部在内的全体村民自觉遵守的行为准则。

我在宁海乡村踏访时,感受最深的是到处都洋溢着民主政治的祥和气息，这里的干部和群众都热心于参政议政，努力将"健全民主制度，丰富民主形式，拓宽民主渠道"落地生根开花。事实上，村民越是关心和参与村务，村庄治理也就越有活力，才能形成"事事参与，人人知晓"的民主氛围。

在实践中，宁海乡村为确保《三十六条》的执行，推出了不少创新之举。

桃源街道试行村级重大事项旁听制度。每个村选取热心村集体事业、办事公道正派、原则性强、能直面问题的二至五名村民为旁听人员，他们参加村里讨论、决策重大事项的各种会议和整个程序，从重大事项的决策开始到决策形成、结束，自始至终参与其中。虽然旁听人员不能参与表决，但可以提出意见和建议，这使村务工作更加民主化、公开化，能有效预防村级腐败现象的发生。目前，街道所辖48个村（社区）共选任了145名旁听人员。

桥头胡街道试水村级小型工程农民监理员制度，即在项目建设、施工、监理之外，成立以农民为主体的第四方监理队伍，全程监督村级小型工程建设，着力加强项目"隐蔽工程"等的质量监督。现在，街道所辖18个村（社区）均已确定一名民间专职监理员，实现了农民监理员全覆盖。这些农民监理员深入监督承包建设单位的工程项目进度、材料质量、资金使用、施工质量、工程安全等，定时向街道通报工程项目建设和监理情况。这种"能参与"的全过程监理机制和"敢监督"的动力保障机制，形成了更有力的群众监督。

宁海县开通了相关微信公众号，普通百姓只要打开微信，不仅能随时了解《三十六条》制度规定、最新动态，还可以通过微信平台直接对话交流，相关工作人员会及时给予回复和解答。现今，宁海阳光村务网和数字电视公开平台都已建成，村民们通过电脑、手机、电视等方式都可查询到村级事务办理情况。信访渠道愈加畅通，村民对违规事情可以随时举报。这种网络科技和传统模式相结合的阳光村务工程，让村民群众的监督层面有了更大的提升。

《三十六条》对激发村民群众参与民主建设的热情的作用是显而易见的。如今，每个村子都根据自己的情况，推出了村民评议会、村务评说会、乡贤议事会、村务监督点评员等制度，最大限度地将村民们组织起来，对村务工作进行评议监督，扩充了村务监督队伍，使村监会的职能作用得以进一步发挥。

以下是2016年1月28日，力洋镇平岩村一次村民评议会的记录。这一天评议的是《三十六条》在村里实施两年来的情况。

应友金：现在村干部做事比以前更加民主了。以前村干部权力太大，可现在事情都要经过党员会议和村民代表会议讨论，村民代表会议上没有通过的事情，村干部也无权决定。

徐建岳：以前村里做什么事情，群众都不清楚，现在村民代表都会给我们通报，我们有意见也可以向村民代表提，他们会把我们的意见反映上去。我们村民当主人了。

方兴祝：现在村里要办什么大事，我们村民都提前知道了，不是村干部做主，而是群众做主了。办事程序也清清楚楚，什么事情能做，什么事情不能做，都明明白白。

童建东：群众有困难去找村干部，村干部都能遵章办事，不刁难群众。

尤昌龙：我父亲是文书，跟以前相比，他工作更忙，程序更多，但办事更规范了，做事依据性更强。

刘志连：现在村里大事都经过村民代表会议讨

论，事情的利弊都在会上讲明白、说清楚，大家讨论决定。村干部不再擅自主张，群众意见少了，可以自己做主了，也能理解村干部的工作了。

全长国：以前村干部办事有私心，现在好了，工作流程都公开，办事透明了。村干部必须照章办事，这对我们老百姓来讲是好事。"中国梦"不就应该是这样的吗？

以下是2017年12月25日，长街镇大祝村乡贤议事会的记录。参加这次乡贤议事会的有村干部，有中共党员，有村民代表，有村监会主任，有妇女主任，有老干部，还有企业家。他们的议题是创建美丽乡村。

祝良亚（村支书）：今天召集各位乡贤，主要想听听大家对创建美丽乡村的建议。目前，我们村已获得市级和县级美丽乡村的称号，正在抓紧创建省级美丽乡村示范村。为此，请大家谈谈自己的看法，让我们共同完成这项工作。

王美兰（党员）：这几年，我们村变化很大，大家都看到了，大路、主路两边搞得很干净、很漂亮，但小巷、个人庭院还是不太好,应该在这些方面花力气改进和提高。

章良褒(村民代表):我家周围的村民反映,我们村的河港还不够干净、美丽,村庄必须要做到路净、河清,使我们有一个美好的居住环境。

祝良根(老干部):要让我们村子更加美丽,那就必须加大投入,对河港进行砌坝,对道路两边进行绿化,对老地基收购拆除,开辟绿地,把残墙断壁砌齐。如果能够做到这样,那我们村庄肯定能搞得面貌一新。

胡珍春(村主任):要让村庄面貌改变,必须要有资金投入。河港砌坝、购买花木进行绿化、老地基收购、破旧房屋和残墙断壁修理等,都需要大的资金。关于资金,我们一方面向政府申请补助,争取项目,另一方面也想求助村里的乡贤和企业老板,大家一起把我们的村庄建设搞上去。

吴威平(村监会主任):刚才大家说得都很到位,我们都应朝这个方向去努力。就村监会工作来说,刚才大家说到要改变村庄面貌需要资金投入,需要村集体开支,这方面一定要严格按照《三十六条》的规定，做到公开、公平、公正，让我们老百姓放心，也让出钱赞助的各位乡贤放心。

蒋炳孝（企业家）：作为村里的一个村民，我说说自己的一点看法。这几年来，在村干部的带领下，我们村搞得有模有样，我家周围的环境那么好，都出乎我的意料，可以和城里媲美了。村干部付出的努力，我们有目共睹。我是本村的村民，也是一个小厂的厂长，我表个态，只要村干部们齐心协力，把村庄建设好，我们这些办厂的村民，在资金方面一定会赞助的。但有一点要提醒一下，资金方面的监管要落实，钱要用得合情合理，特别是一定要照《三十六条》的规定执行，让我们放心、安心。

鲍海燕（妇女主任）：我们妇女代表也会出力，通过倡议书，动员全村妇女把各自的庭院整理好。另外，也向村支书提个建议，能不能带我们去外面考察学习一下，看看人家的美丽庭院，让我们开开眼，以便更好地开展美丽庭院建设。

祝良亚：刚才大家提了许多宝贵意见，这对我们帮助很大。村干部班子一定会听取各位的意见，努力工作。资金方面，村干部会向上级政府申请补助，也请乡贤们多多支持,至于资金使用,我们一定会按《三十六条》的规定执行,并加大监督力度。希望党员、村民代表也多加支持,把村民们动员起来,共同出力,把我们大祝村建成一流的美丽乡村。

《三十六条》施行后,宁海乡村出现的活跃的民主气氛、丰富的民主形式,正是"发展社会主义民主政治就是要体现人民意志、保障人民权益、激发人民创造活力,用制度体系保证人民当家作主"的最好体现。

2016年6月,《三十六条》入选民政部"2015年度中国社区治理十大创新成果"。

我通过在宁海乡村的实地考察,十分认同这一荣誉对《三十六条》制度创新的肯定。

1. 率先铲除了村干部滋生腐败的土壤,彻底改变了农村基层政治生态。过去治理农村基层腐败,往往侧重于对村干部的教育、惩处,强调对村干部违纪的严惩,较少从以制度制约权力、破除腐败产生源头的角度去思考解决问题的办法。实际上,村干部授权有余、限权不足,这是农村治理存在大量问题的症结所在。而村级权力清单改革，则是通过对村级权力规范化、确权与限权，决策权、执行权、监督权分置，发挥了村监会的独立监督职能，为村级权力行使、村务工作运行建立了"轨道"和"红绿灯"，消除了村干部以权谋私的制度漏洞，为抑制基层腐败建立了一整套保障制度。

2. 率先突破了村级选举民主到治理民主的制度转变，彻底改变了农村普遍存在的只重民主选举，轻视民主决策、民主监督和民主管理的"半拉子民主"现象，真正保障了《村民委员会组织法》在农村的贯彻落实。《三十六条》在全国首次对村级所有公共事项和服务事项进行整合，搭建了民主议事平台，制定了权力运行规则，明晰了权力运行流程，揭开了权力运行暗箱，将村级组织和村干部权力纳入流程化、规范化轨道，通过"五议决策法""村务公开"等方式，把村级决策权、执行权、监督权交到村民会议授权的村民代表手中，并就决策后如何执行、监督制定了程序化、标准化、规范化制度，从而落实了村级选举民主后的民主决策、民主管理、民主监督工作，将农村基层民主由原有的选举民主扩展到治理民主，真正实现了还权于民和权为民所用。

《三十六条》率先实现了国家治理和村民自治的对接，彻底打通了公共政策下村的"最后一公里"。《三十六条》把各项政策条目化，简便而易操作，建立了决策、执行、监督协调一致且相互制约的规则，让各项政策在阳光下运行，解决了公共政策进村入户的问题。《三十六条》在全国首次推出了针对村级组织和村干部的权力清单，把权力关进制度的笼子，让延伸到村民中间的权力受到制约和监督。

那天，看着下洋周村的村民代表们热烈地讨论着村规民约，我有了另一个新的发现。

下洋周村四面环山，山林面积远超耕地面积，外出务工、创业的村民几乎占全村的一半。但在《三十六条》的感召下，那些原先长期在外、经常缺席会议的村民代表现在赶回来参政议政了。事实上，我在宁海众多的村子里看到越来越多的年轻人回到了故乡，因为他们觉得《三十六条》能使自己在村里受到尊重，人生的价值在村里能够实现。和谐的民主氛围，稳定的社会环境，公平、正义的政治生态，使他们乐意在村庄建设中发挥自己的聪明才智，心在人也在。

我想象，经过一个长夜，当太阳冉冉升起的时候，无数的农民踏上归途，回到山清水秀、蓝天白云的家乡，回到农村广阔的田野，这是怎样一幅充满希望的图景！

这不会只是想象，城市化与乡村振兴并举是中国发展的必然。众多外出的农民将回归乡村。相信那时，他们的精神面貌已改；相信那时，村庄已是一派他们所期待和追求的风光——阳光昭昭，乾坤朗朗。

第七章

永远在路上

人当永远在路上。

一个国家、一个社会也当永远在路上。

在路上，就有前方，就有希望，就有未来。

升级版关键词：获得感

2016年12月、2017年2月，中共宁海县委和宁海县人民政府新一届领导班子相继产生。

换届才结束，中共宁海县委年轻、干练的新任书记杨勇便组织召开了全县"改革创新引领年"会议，部署深化《三十六条》制度改革、推进基层治理现代化。在深入基层、进村入户进行调研之后，他提出要打造《三十六条》升级版。

中共宁海县委副书记、县长林坚也指出，《三十六条》是一项系统工程，应把工作中的每一个环节都做得更实、更细、更深。

中共宁海县委明确了《三十六条》修订工作的宗旨：更加突出以民为本，构建上下联动的监督网络，进一步落实以法治村。

《三十六条》升级版紧锣密鼓地打造起来。

主持这项工作的是中共宁海县委常委、纪委书记、监察委主任徐震宇。他长得浓眉大眼，来宁海工作前，是宁波市农业局总农艺师。我见到他的时候，问他的第一句话是："您是不是很会养花？"他笑了起来，告诉我，他家里养了十来种花卉，其中最让他得意的是米兰，他说："香味特别舒服。"

我想，一个这么能养花的人，有两点是肯定的：一是细心，善于精耕细作；一是特别在乎获得感，在盛放的鲜花前享受收获的快乐。

徐震宇正是将"获得感"作为打造《三十六条》升级版的关键词的。

在动员会上，徐震宇说，习近平总书记一再强调"让人民群众有更多获得感"，重视人民群众的获得感，这是改革的试金石。老百姓关心什么、期盼什么，改革就要抓住什么、推进什么。《三十六条》也是一项创新改革，所以，能否让人民群众有更多的获得感、幸福感、安全感，是对它的根本考量。而以人民为中心，也是社会治理的价值取向和根本目标。通过这次修订工作，我们要让村干部更有信念，让村民群众更有信心。

徐震宇带领中共宁海县纪委副书记俞丹斌、葛越胜，县纪委常委、县委巡察办主任葛知宙等一班人马，再一次深入调研，广泛听取村干部和村民的意见，与各相关部门交流信息与情况。他们的工作极为细致，我看到修订的流程图上，涉及的所有部门都一一盖上了公章以示确认。说实话，我还从没见过一篇文稿而不是一个正式的文件上盖了那么多密密麻麻的公章，这说明整个宁海县对于《三十六条》升级版的重视和齐心协力。

围绕着关键词"获得感"，升级版最重要的修订莫过于对作为《三十六条》核心的"五议决策法"的调整。原先"五议决策法"的最后一项是"组织实施决议"，现在修订为"组织实施、结果公告并接受群众评议"。接受群众评议，就是要知道村民究竟有没有"获得感"，如果一件事情经过群众评议，评价不高，那就说明这件事没有办好，没有让村民有"获得感"。

我觉得这真正是将"让人民群众有更多获得感"落实到家。不然，领导说好，村干部说好，可村民群众却没感觉，这有什么用！让村民群众来评议，实实在在地赋予他们"否决权"，这才体现了我们一切工作的出发点和落脚点都是为了让老百姓满意，也只有这样，才能确保《三十六条》彻底落地生根，切实夯实基层治理的民主根基。说到底，坚持以人民为中心，就是要把人民拥护不拥护、赞成不赞成、高兴不高兴、答应不答应作为衡量一切工作得失的根本标准。

升级版根据与新出台的法律法规和政策相对应、与行政审批制度改革相衔接、与基层实际工作相符合的三个原则，对原先的《三十六条》全面升级，修改完善流程28项。

这些修订同样凸显了"获得感"。我细细阅读之后，感受到《三十六条》以民生为要的初衷。

例如，修订内容中有：

低保（五保）申请将原先经过两委联席会议商议、村民代表会议决议，改为乡镇（街道）对申请户家庭人员及其经济状况进行调查，必要时，乡镇（街道）工作人员组织村（居）委会成员和熟悉申请户家庭情况的村（居）民代表等进行民主评议。这项修订既加强了核实，又简化了流程。

残疾人两项补帖申请，修订后细化为困难残疾人生活补贴和重度残疾人护理补贴，并将村（居）委会初审后提交乡镇（街道）社会事务服务中心审核环节，改为残疾人本人、监护人或委托代理人申请，乡镇（街道）初审，减少了中间环节。

用电开户申请，修订后同样简化了手续，增加了国家电网公司工作人员将主动预约服务一项。

为了更加规范权力运行，根除腐败，升级版对集体资源性资产处置、财产物资管理、财务公开、村级工作人员任用、招待费支出等，也根据现行法律法规和政策做出了修订。

这次修订，还让我看到了实事求是的一面。比如，在与跃龙街道大桥李村时任村主任李如岗受通报批评事件相关的村级采购事项规定中，微型工程单项合同估算价限额由5万元调整为10万元，且小型工程或法定规模标准以上工程必须进乡镇（街道）或县公共资源交易中心进行公开交易。这是通过实践后做出的修订。这一条款的修订非但由宁海县发改局、县审管办、县住建局、县国土局以及招投标管理部门等提供法律依据，还广泛听取了村干部和村民们的意见。他们希望在加强监督的基础上，也能方便乡村工作的展开。

这次《三十六条》的修订工作同样经历了上上下下、反反复复、方方面面的协商与博弈。

2017年2月下旬，新修订的《三十六条》（试用版）

发到了先行村级组织换届的梅林街道 20 余个村庄，接受实际操作的检验。

将近三个月之后，2017 年 5 月 15 日下午，由宁海县农村基层党风廉政建设领导小组办公室牵头，在宁海县纪委四楼会议室召开了《三十六条》修订协调会。

全县相关部门都非常重视，我看到在会议签到单上先后签到的部门有：县委组织部、县委政法委、县人武部、县编委办、县公安局、县民政局、县财政局、县人力社保局、县国土资源局、县农林局、县卫生计生局、县残联、县慈善总会、县审管办、县供电公司、县水务集团……这些部门的分管领导和主要负责人都来了。

宁海县 18 个乡镇（街道）——长街镇、胡陈乡、力洋镇、茶院乡、一市镇、越溪乡、桑洲镇、岔路镇、前童镇、黄坛镇、大佳何镇、强蛟镇、西店镇、深甽镇、跃龙街道、桃源街道、梅林街道、桥头胡街道一个不缺，也都来了。

会议室里热气腾腾，展现出众志成城的景象。

每个到会部门和单位的领导和负责人一进会场，便向会议提交了对修订稿的反馈意见，每份反馈意见都由主管领导签名，并盖有部门或单位公章，看得出大家认真、慎重的态度。

我想，如果没有各个相关部门的鼎力支持，那《三十六条》的制定和执行都会大打折扣，由此可以看到宁海上下对施行《三十六条》的共同意志。

这次会议标志着《三十六条》修订工作的成功。

徐震宇在会议上满怀激情地为大家加油鼓劲，他说："打造《三十六条》升级版是完善建章立制的工作，但最后靠的是执行力。我们的执行力来自哪里？来自对人民的热爱、对人民的忠诚，来自给人民群众带来更多获得感的不懈奋斗！"

我以为，既然升级版已经完成，那只消发到每一个村子去便是了。但是，事情并不是我所想的这样。

葛知宙这样问我："什么叫'乡村自治'？什么叫'依法治村'？"

我望着他。

我无从回答。

葛知宙告诉我说，尽管中国乡村在传统上一直有着一定的自治色彩，但只有今天，现代意义上的村民自治才能实现国家行政权与村民自治权的平衡。换句话说，就是既要保证村民自治，但又必须依法治村，实行法治，而《三十六条》就是村里的"行政法"。但是，《三十六条》的施行对于拥有自治权的村民来说，还必须经村民代表会议的通过——这是符合国家法律规定的，也是符合中央健全自治、法治、德治相结合的乡村治理体系精神的。

现在，我终于找到为什么《三十六条》如此深得人心的最根本答案了，那便是《三十六条》是村民们自己的选择。当村民们一条条过审《三十六条》时，其实已将自己的意愿和意志融入其中，也就是说，他们不是《三十六条》被动的接受者，他们同样是《三十六条》的创制者。

2017年6月，宁海全县429个村（社区）村（居）民代表会议全部通过了升级版的《三十六条》。

从安徽省凤阳县小岗村1978年实行家庭联产承包责任制，到广西壮族自治区宜州市（今宜州区）屏南乡合寨村1980年成立自治"村民委员会"，到浙江省武义县后陈村2004年建立村务监督委员会，再到宁海县乡村2014年实施《三十六条》，我们看到了中国农民作为改革开放的勇敢的创新者和实践者的身影。

他们创造了历史。

意想不到的『尾声』

就在我即将离开宁海之际，我又去了一次岔路镇湖头村。

没想到，我会遇上这样一个情况。

这是个阴天，云层很低很厚。

天蒙蒙亮的时候，下了一天一夜的雨才刚刚停歇。

我走进村子的时候，觉得似乎有点儿不对劲，用力嗅了嗅，闻到空气里弥散着一股恶臭。

我径直去了村里的综合楼。

施行《三十六条》后，村里原先紧张的干群关系、宗族间的关系都慢慢得到了修复，村干部清清白白地做事，村民们明明白白地监督，多年没有盖起来的综合楼终于建成了，这让本届当选的村主任葛更槐很有成就感。

我见到了正独自坐在办公室里的葛更槐。

这一年半中，我与葛更槐见过多次，每次都觉得他的精神面貌有所变化。脱离了私欲，一心想为村民做点事情,这人就会变得纯粹而干净。上回见他的时候,他带我去看了那片刚刚种下的枫树。一棵棵枫树细细小小的,树干都用绳子紧裹住,虽然还很稚嫩,但葛更槐的眼神里满是憧憬,他跟我说起将来枫树成林后的样子,眉飞色舞。

《三十六条》真是能改变一个人的。

可是,现在,独坐在办公室里的葛更槐却一脸忧愁和沮丧。

我有些讶异,心想,他一定是碰到什么事情了。

我跟他说:"我进村后,闻到村里有一股臭味。"

葛更槐抬起眼来,说:"哦,你也闻到了。"

我问他这是怎么回事。

葛更槐长长地叹了一口气。

原来,下了整整一天一夜的雨后,由于村里的污水管道排污不畅,粪水都满溢出来,结果弄得满村飘散着臭味。

我非常惊讶:"湖头村的污水排放管道不是新铺设的吗?"

葛更槐说:"是啊。你想想看,一个新建的污水处理工程居然把全村搞得臭气熏天,村民们能满意吗?污水治理的结果是环境被污染,村民们不满意,成天跳脚指责,我这个村主任怎么睡得着觉?"

我不解地问:"根据《三十六条》,村里对工程应该有全程监管的,怎么会发生这种情况?"

葛更槐告诉我,这个污水处理工程是上届村班子落实的,而且不是村里的项目,正因为这样,所以村里对这个项目的招投标情况一无所知,只知道2014年9月已完成公开招投标,但具体是哪家公司中标、什么时候开工完工、施工要求与质量指标怎样、谁是监理单位、项目负责人是谁、出了问题找谁……一概不知,什么资料都没有。尽管这样,施工队进村后,村里还是按照《三十六条》,专门派出村监会两名人员到现场监管,可是却一直受到阻拦。最不能让村里接受的是,当村监会人员发现问题并多次向施工方反映时,施工方始终不加理睬,竟然还说:"这个项目又没有要你们村里出钱,我们想怎么做就怎么做,与你们无关!"

这样一个存在明显质量问题的工程,竟然要来验收了。

依据《三十六条》,村民群众对这个工程进行了评议,结果不出所料,村民们认为这是一个不合格的工程,不能通过验收。

但是，验收人员还是来了。

葛更槐拒绝签字，并向他们提交了现场拍摄的照片，证明有窨井盖质量差、化粪池污水进不了管道、污水管连接不标准、管道配套不标准等种种问题。

但施工方却置若罔闻。

正当村民再次表达不满时，却来第二次验收了。

葛更槐再次拒绝。

我听到这里，坐直了身子。

我看着葛更槐，觉得他很了不起，这样的拒绝是要有勇气、有胆量的。

我很想知道事情的后续发展，但我发现葛更槐在讲述时情绪低落。

于是，我站起来，对葛更槐说："我们出去走走吧。"

天空又飘起了雨丝。

我和葛更槐没有撑伞，他带着我走在村里的道路上。

葛更槐显然没有闲心，他拿来一根撬棒，我们每走过一个窨井，他都用撬棒揭开井盖，让我亲眼目睹真实的情况。

当我看到好几个窨井里的污水都接近井盖，上面漂浮着粪便时，我当然明白湖头村的村民为何愤怒了。

"现在,你看到了吧?我们有没有瞎说,有没有故意刁难而不给验收?"

我沉默地摇了摇头。

阴雨绵绵中,我们回到了村综合楼。

我把先前葛更槐给我倒的茶水推到他面前——我每次去村里,都是带着自己的水杯的。

我问道:"后来情况怎样了?"

葛更槐喝了一口水,继续叙述道:"我拒绝签字后,对方好一阵子没有声音。但有一天,有人找到我,塞给我一个袋子。我打开一看,里面是香烟。他什么也没有说,但我完全知道他想要说什么。我也什么都没有说,只是把香烟扔回给了他,他也知道我想要说的是什么了。"

"什么牌子的香烟?"

"中华牌。"

"有多少?"

"20条。"

"那就是说,他们想收买你。"

"是的。"

"但你拒绝了。"

"是的。"

"如果放在以前，没有《三十六条》，你会不会就收下了？"

"我不敢确定。"

"但你现在能够确定了。"

"是的。"

施工方显然没有明白，《三十六条》如今在村干部和村民心中的千钧重量。

既然不明白，那么，妄行便会继续。

果然，又来第三次验收了，来了十几个人，阵势浩大。

葛更槐第三次拒绝了签字。

一场对峙已然白热化。

这是一场公正与非公正的对峙。

这是一场正义与非正义的对峙。

这是一次对《三十六条》的考验。

这是一次对众人的考验。

一天，葛更槐接到电话，让他去镇上一趟。

一个屋子里坐着几个人，一个是给他打电话的人，还有两个是施工方的人，其中一个是从县城来的。葛更槐后来得知，拿下这个污水处理工程项目的就是这个人。

打电话来的人开门见山地对葛更槐说:"我们都是朋友,这个字你就签了吧,总得给大家一个面子吧。"

葛更槐一听就火了,他说:"如果我背着村民签了字,那我要被村民戳着后背骂一辈子的。我还得在村里待下去呢!"

施工方的人见葛更槐如此不给面子,瞪大了眼珠子。

这时,那个从县城来的人说道:"我们又不是只做你们一个村的工程,别的几个村子都通过验收了,就你们村子难搞。"

葛更槐理直气壮地说:"我们怎么难搞了?是你们的工程质量有问题。在我们提出问题之后,你们连整改都不做一下,我们怎么通过验收?"

打电话来的人出来打圆场:"你就通融一下吧。"

葛更槐回道:"你又不是不知道,现在什么都得按《三十六条》办事,通融不通融不是我一个人可以说了算的,这得由全村村民说了算。"

那个从县城来的人嘀咕了一句:"还当真了……你不就是个村主任吗……"

葛更槐这下跳了起来,因为他觉得那个人使用了轻蔑的语言,而这是碰触了他的底线的——他的底线是《三十六条》的神圣而不可侵犯。

施工方的另一个人也跳将起来，冲到葛更槐面前。

葛更槐顺手操起桌上的烟灰缸，将里面残剩的脏水朝他泼了过去，随后夺门而出。

那人追出来说："我要报警，把你抓进去！"

葛更槐一边走，一边大声说道："我现在已经不想再当这个村主任了！你们把我关进去吧，我还想多关几天呢，图个清净！"

我完全可以理解葛更槐的愤怒和沮丧，这是出于一种深刻的失望，但也是出于一种强烈的捍卫。

我的心情也沉重起来。

我看到了事物的另外一面。

当《三十六条》成为宁海乡村人人必须遵守的"红绿灯"时，它已经是人们心里一条基本的底线了。如果有人，哪怕只有一个人漠视它、轻贱它，都有可能使它再次成为从前那种"过场游戏"，因失去人们的信任而崩塌。因为我们有过既往史，所以知道信任的重建是多么不易。葛更槐的失望的深刻性在于，当他认为《三十六条》神圣而不可侵犯时，在有些人包括有些干部的心里，却只是一个笑话。葛更槐被授权代表村民拒绝在存有质量问题的工程验收单上签字，但工程方竟可以有恃无恐，软硬兼施，在没有任何整改措施的情况下强行三次去湖头村验收。面对这样的局面，他的愤怒和失望是可想而知的。

葛更槐的失望令我震撼。我担心，这不仅会动摇他，而且还会通过他的遭遇而动摇更多的人对《三十六条》的信念和坚守。因此，当我们在执行制度的时候，必须廓清四周的环境，建立共识，不容许任何人，包括任何级别的领导干部凌驾、超越于制度和法律之上，以言代法、以权压法、逐利违法、徇私枉法。

葛更槐的愤怒表明了他对那些挑战村民群众的人的态度。他情愿不当村主任，也要捍卫《三十六条》的尊严，捍卫村民群众的监督权。在这个意义上，我感受到一种强烈的悲壮。的确，《三十六条》只是一份村级小微权力清单，是在农村里实施的，所以，当我们因村级小微权力清单实施后所取得的成就备受鼓舞时，我们同时也看到了前方尚有一条漫长的道路要走。不过，如果说这条漫长的道路起始于农村，谁又能说不会由此出发而迈向更远的前方和未来？因为广袤的农村是中国最为基础的原点，星星之火，可以燎原，政治文明的建设、民主与法治的建设、新的政治生态的建设，所改变的岂止一个村子！通过规则来公正处事,通过正义来凝聚人心,这是一个现代化国家的必然要求。

我问葛更槐:"三次拒绝之后,你打算怎么办?"

葛更槐说:"施工方称,其实,先通过验收也无妨,反正有18个月的整改期以及后续的维护期。但是,我们村里不答应,因为第一次来验收时,他们就说过这种话了,却从未有过任何动静。再说,这18个月的时间究竟从什么时候开始算起?我们希望有一个明确的说明。"

葛更槐看着我,然后一口气说了三个反问句:

"不管是谁投资,总是国家的利民工程,难道可以因为投资主体的不同而不用监督了吗?"

"即使不是我们村里出的钱,但这个工程设在我们村里,我们就无权监督了吗?"

"先验收通过然后再整改,这合乎监督程序吗,不就成事后监督了吗?"

每个反问句说的都关乎监督。

我看到,他在发出这样的诘问的时候,原先低落的情绪有些昂扬起来。

我继续问道:"你们准备如何监督?"

葛更槐回答:"我们要求这个项目的主管单位向我们

村的三委会提交工程相关的所有资料,包括中标单位、承包单位的核准文件,施工单位的名称,法定代表人姓名,项目负责人姓名和联系电话,整套设计施工图纸,三次工程验收的情况纪要,以及主管单位对这项工程的具体整改要求,具体实施时间,具体监督落实等正式的书面文件,并在我们村里向全体村民进行公示。"

我追问道:"你们凭什么?"

葛更槐说:"这是我们村民代表会议的决定,我们依靠的是《三十六条》。"

我原先的沉重感突然消失了。

那是因为,我明白了,葛更槐以及湖头村的村民们依然相信《三十六条》,而且,他们对《三十六条》已经运用得相当娴熟。

湖头村村民们的声音很坚决、很响亮。

不久,工程整改措施和施工人员名单终于在村里公示了。

我再一次看到了《三十六条》不可撼动的强大力量。

那天,从湖头村出来后,我去了中共宁海县委党校,正好遇见了时任华中科技大学中国乡村治理研究中心主任的贺雪峰教授。这几年来,他每年都带着一拨硕士生和博士生来宁海乡村蹲点,做有关乡村治理的调查和研究。

我问他:"在宁海乡村最大的感触是什么?"

他说:"《三十六条》是影响深远的新农村运动,最终实现了政治清明,人民当家作主。"

在这之前,中共宁海县委副书记李贵军还向我介绍过中国社会科学院农村发展研究所研究员、研究生院教授、博士生导师冯兴元,中国人民大学公共政策研究院执行副院长、教授、博士生导师毛寿龙,中国社会科学院社会问题研究中心秘书长、农村发展研究所副研究员、研究生院副教授李人庆。他们三人是中国人民大学"宁海县三十六条村级小微权力清单改革研究课题组"的灵魂人物,他们带领课题组在宁海乡村做了大量的村民问卷调查和各个层面的访谈。他们认为,《三十六条》的创新改革为基层治理找到了一条依法治国的现实途径,为抑制基层腐败建立了一整套反腐的保障制度,为实现基层参与民主、践行新时代群众路线找到了一种可操作性的简便方式。

中共十九大提出了令人振奋的实施乡村振兴战略,会后不久,即召开了中央农村工作会议,习近平总书记全面阐述了做好新时代"三农"工作的一系列新理念新思想新战略。这次会议强调,坚持不断深化农村改革,激发农村发展新活力。

《宁海县村级小微权力清单三十六条》作为深化农村改革的一次成功实践，提供了依法治国的村级样本，为实现基层治理现代化树立了典范，具有可复制、可推广的特点，在全国农村有着普适性的示范意义和价值。

2018年2月4日，改革开放以来第20个、新世纪以来第15个指导"三农"工作的中央一号文件发布。这份题为《中共中央　国务院关于实施乡村振兴战略的意见》的文件，对实施乡村振兴战略进行了全面部署，是谋划新时代乡村振兴的重要顶层设计。浙江省宁海县首创的推行村级小微权力清单制度被写进了这份文件。文件确定，推行村级小微权力清单制度，加大基层小微权力腐败惩处力度。

走在浙江这片热土上，我真切地感受到，宁海县得以创新发起推行村级小微权力清单制度并不是偶然的，那是一种必然。这个必然就是走在新时代全面深化改革前列的浙江为其提供了优质的土壤、坚实的基础和实践的范式。正是凭借着这些，今天，宁海为中国再一次提供了浙江经验。

我是在清晨坐车离开宁海的。

我记得第一次来宁海时，正逢大雨，现在，却是晨光清亮。

车子驶上了宽阔的大道，我觉得自己当初前来时的将信将疑已经释然。

这是需要在路上才能发现、才能体验、才能思考的。

人当永远在路上。

一个国家、一个社会也当永远在路上。

在路上，就有前方，就有希望，就有未来。

我特意让车子经过湖头村，我想去看看那片已经成林的枫树。

村庄安宁而静谧。

我忽然想到，农村治，方天下兴，国家的长治久安很大程度上依托于乡村善治。

风轻轻地掠过。

阳光透过树枝洒下来。

枫湖荡漾。

附 录

宁海县村级小微权力清单三十六条

《三十六条》升级版起草说明

　　2014年2月，中共宁海县委着眼于规范村级组织和村干部权力运行，梳理出台《宁海县村级权力清单三十六条》（以下简称《三十六条》），并于2014年8月进行了修订。2017年初，中共宁海县委第十四届领导班子产生后，即把完善村级权力清单制度，打造《三十六条》升级版作为深化农村治理体制改革，推进乡村治理现代化，实现宁海早日跻身全国强县第一方阵的重要工作，相继于2017年5月、2018年2月对《三十六条》进行了回炉再造、全面升级，其中归并人员任用等权力5项，取消计划生育、户口迁移等权力3项，修改完善流程28项，增加惠农补助清单15条和村务监督委员会履职规范等内容，实现了与中央提出的"推行村级小微权力清单制度"、"最多跑一次"改革、"乡村振兴战略"的全面对接。

一、村级重大决策事项

1. 村级重大事项"五议决策法"流程图 …… 179

二、村级采购事项

2. 物资、服务采购流程图 …… 180
3. 微型工程流程图（10万元以下）…… 181
4. 小型工程流程图（10万—200万元）…… 182
5. 法定规模标准以上工程流程图（200万元以上）…… 183

三、村级财务管理事项

6. 财务开支票据审批流程图 …… 184
7. 现金支取（转账支付）流程图 …… 184
8. 非村干部报酬补贴发放流程图 …… 185
9. 招待费支出流程图 …… 185

四、村级工作人员任用事项

10. 民兵连干部和预建党支部成员任用流程图 …… 186
11. 治调人员任用流程图 …… 187
12. 文书、出纳（报账员）任（聘）用流程图 …… 187
13. 临时用人、用工流程图 …… 187

五、阳光村务事项

14. 党务公开流程图 …… 188
15. 村务公开流程图 …… 189
16. 财务公开流程图 …… 190

六、村级集体资源和资产管理事项

17. 集体资源性资产处置（发包、租赁、合资、合作）流程图 …… 191
18. 财产物资管理流程图 …… 192
19. 集体土地征收及征收款发放流程图 …… 193

七、村民宅基地申请事项

20. 农村宅基地审批流程图 ·· 194

八、村民救助、救灾款申请事项

21. 低保（五保）申请流程图 ·· 195
22. 救灾、救济款物发放流程图 ·· 196
23. 被征地农民基本生活保障参保登记办事流程图 ············· 196
24. 困难救助申请流程图 ·· 197
25. 残疾人两项补贴申请流程图 ·· 198
26. 党内关爱基金申领流程图 ·· 200

九、村民用章管理事项

27. 印章管理流程图 ·· 201
28. 户口迁移流程图 ·· 202
29. 分户流程图 ··· 202
30. 殡葬管理流程图 ·· 203
31. 水、电开户申请流程图 ·· 204

十、计划生育服务事项

32. 流动人口婚育证明办理流程图 ······································ 205
33. 计划生育家庭奖励扶助金发放流程图 ··························· 205

十一、服务村民其他事项

34. 矛盾纠纷调解流程图 ·· 206
35. 党员组织关系迁转流程图 ·· 207
36. 发展党员工作流程图 ·· 208

附件1：惠农补助清单十五条 ·· 211
附件2：村务监督委员会履职规范 ·· 213

一、村级重大决策事项

1. 村级重大事项"五议决策法"流程图

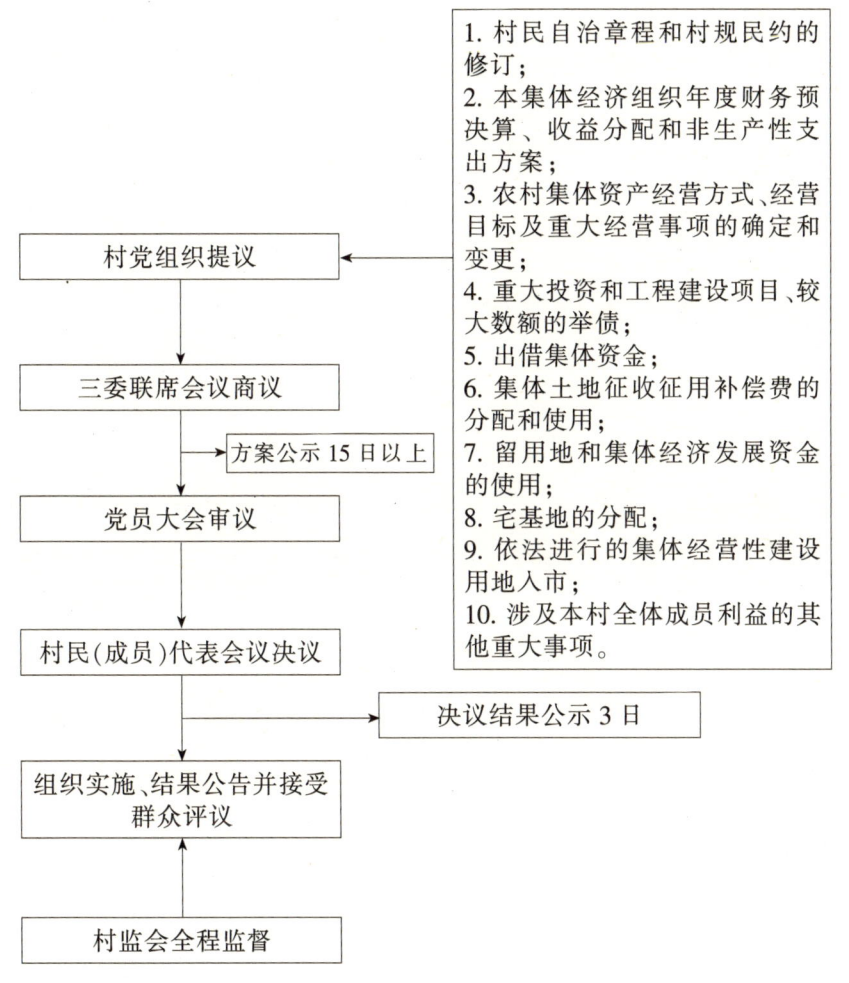

二、村级采购事项

2. 物资、服务采购流程图

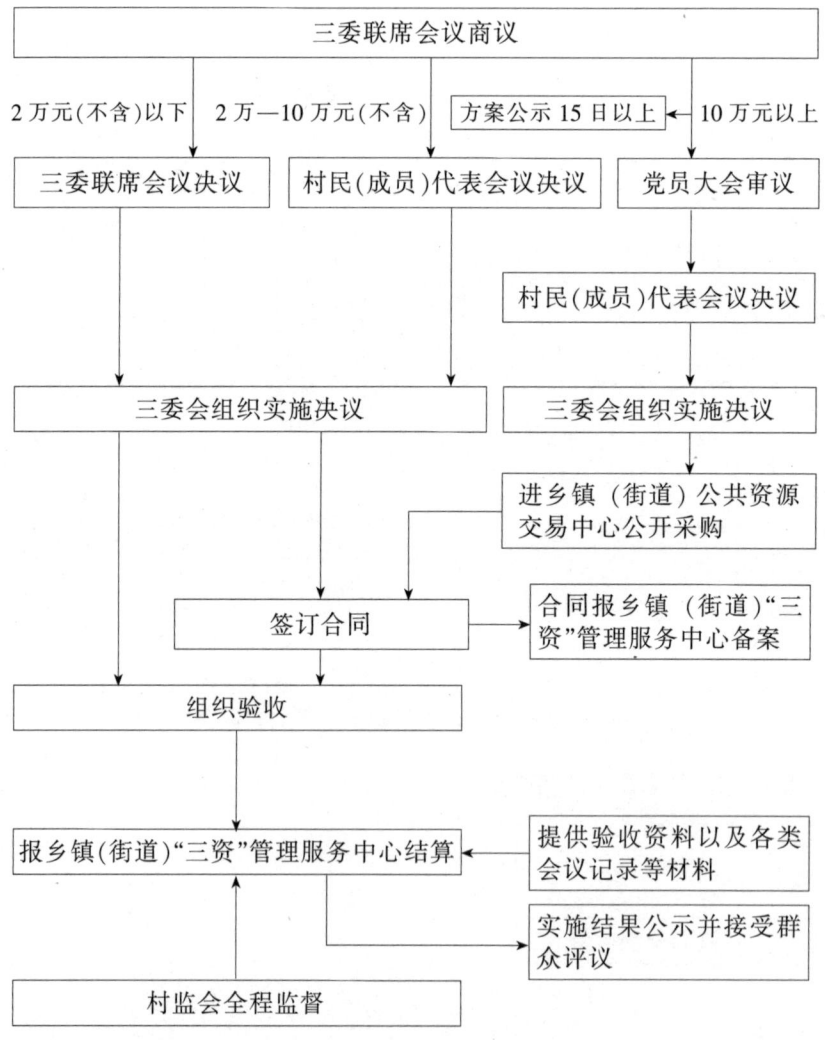

备注：该项采购指的是非工程物资、服务采购。

3. 微型工程流程图（10万元以下）

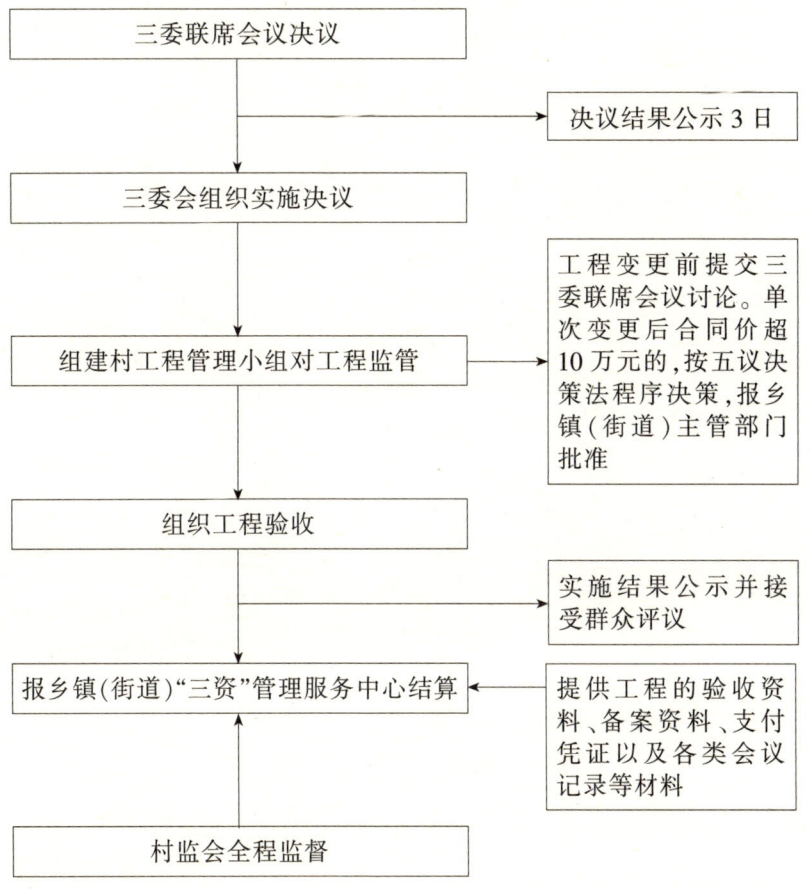

4. 小型工程流程图（10万—200万元）

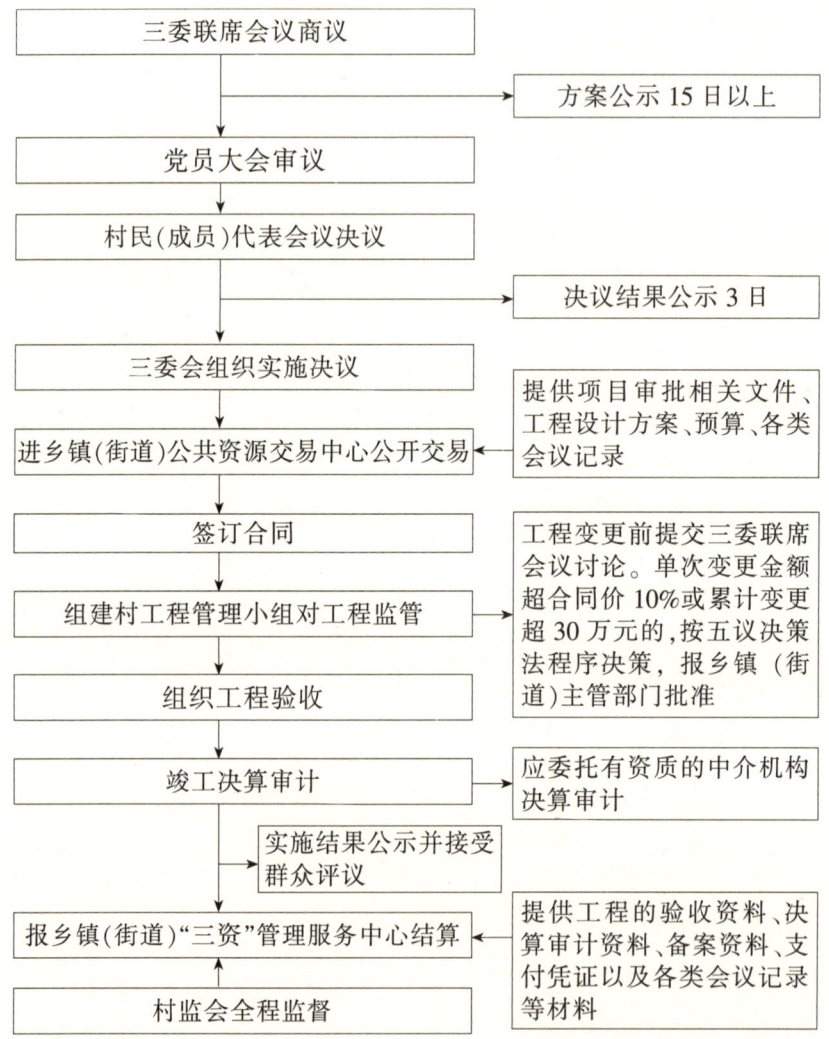

备注：单项合同估算价在10万元（含）至50万元（不含）的勘察、设计、监理，单项合同估算价在10万元（含）以上100万元（不含）以下的重要设备、材料采购等项目需进入乡镇（街道）公共资源交易中心进行公开交易。

5. 法定规模标准以上工程流程图（200万元以上）

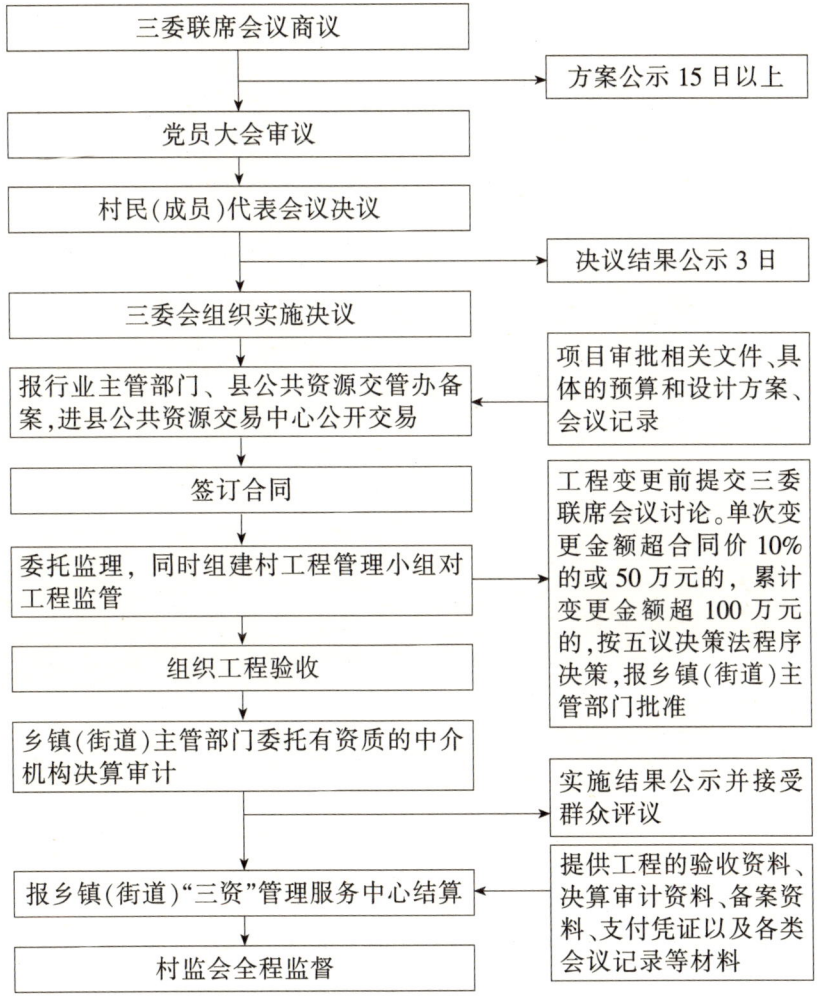

备注：单项合同估算价在50万元（含）以上的勘察、设计、监理，单项合同估算价在100万元（含）以上的重要设备、材料采购等项目，需进入县公共资源交易中心进行公开交易。

三、村级财务管理事项

6. 财务开支票据审批流程图

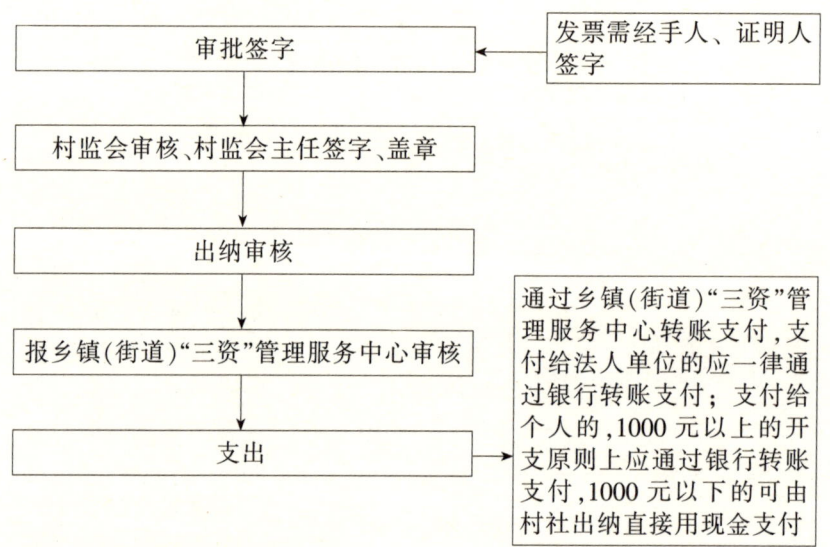

7. 现金支取(转账支付)流程图

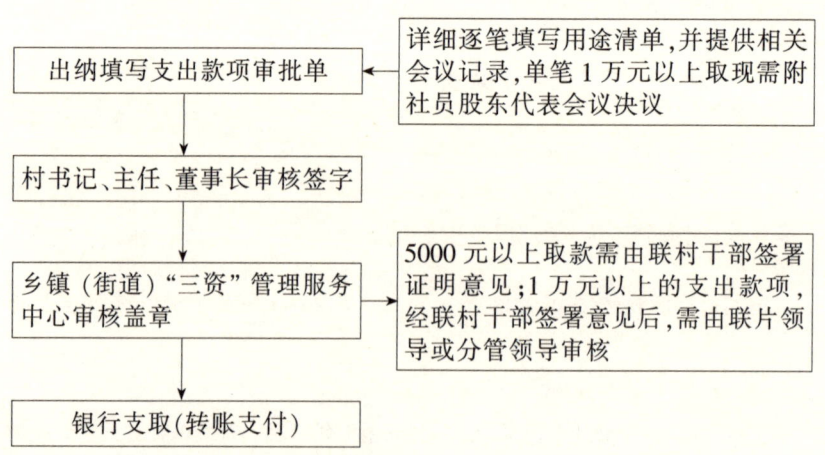

备注：库存现金超限额原则不得取现。

8. 非村干部报酬补贴发放流程图

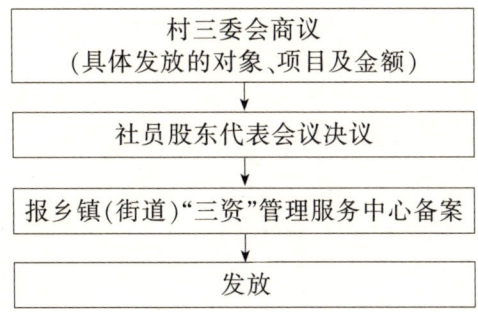

9. 招待费支出流程图

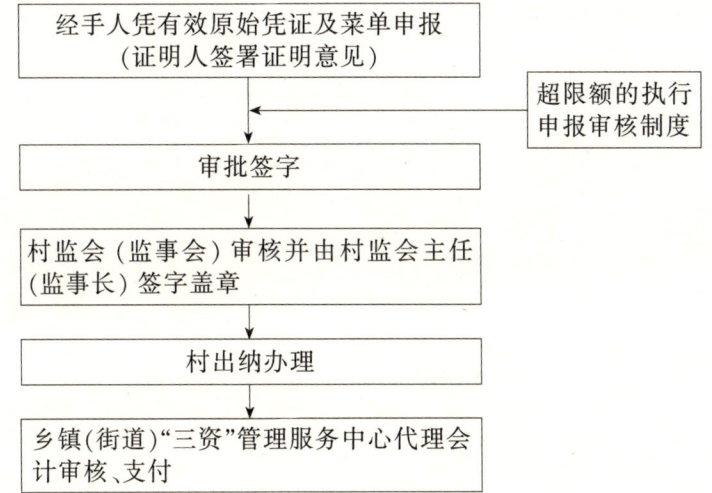

温馨提示：
1. 村级招待费只能用于抗洪抢险、防火救灾、招商引资、慰问老干部老党员等必需的公益事务和商务招待开支；行政性公务实行零招待。
2. 特殊情况，超限额招待费支出，实行申报审核制度。即先由村集体申报具体额度，说明具体支出事由，并召开村民(社员股东)代表会议讨论通过，再报乡镇(街道)审核批准后才能实施开支。

四、村级工作人员任用事项

备注：村党组织、村委会、村务监督委员会、村股份经济合作社和共青团、妇联等组织的人员按照党和国家有关规定选举产生。

10. 民兵连干部和预建党支部成员任用流程图

（1）民兵连干部任用

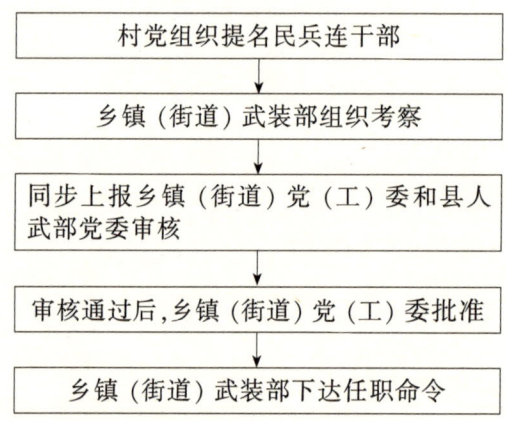

（2）民兵连预建党支部成员任用

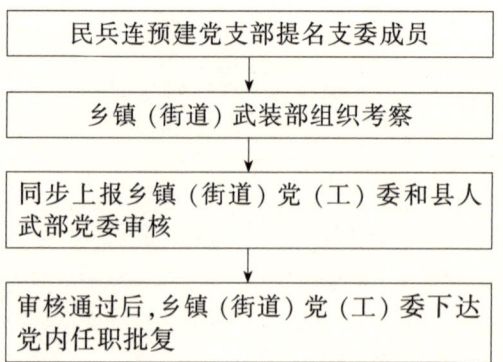

11. 治调人员任用流程图

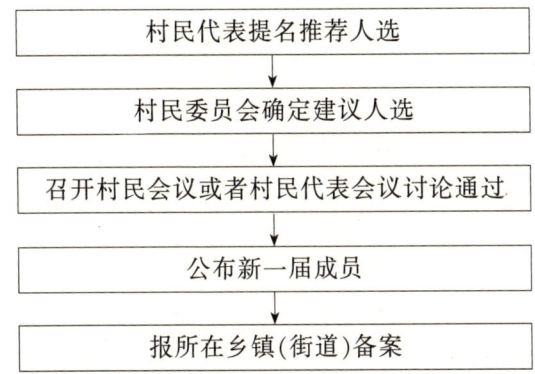

12. 文书、出纳(报账员)任(聘)用流程图

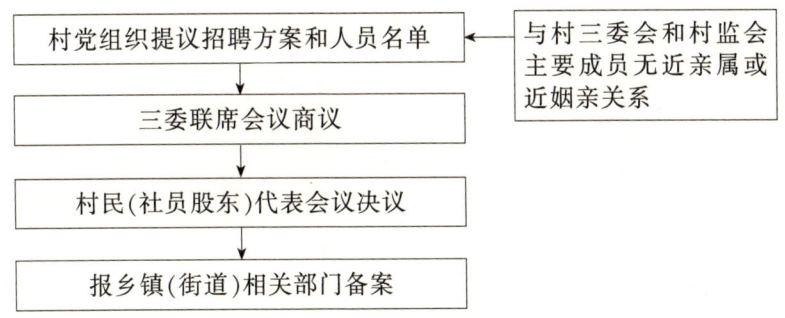

13. 临时用人、用工流程图

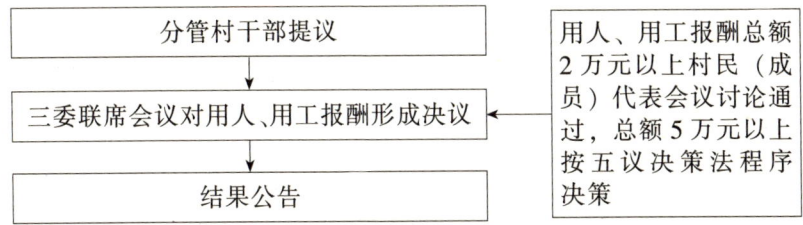

五、阳光村务事项

14. 党务公开流程图

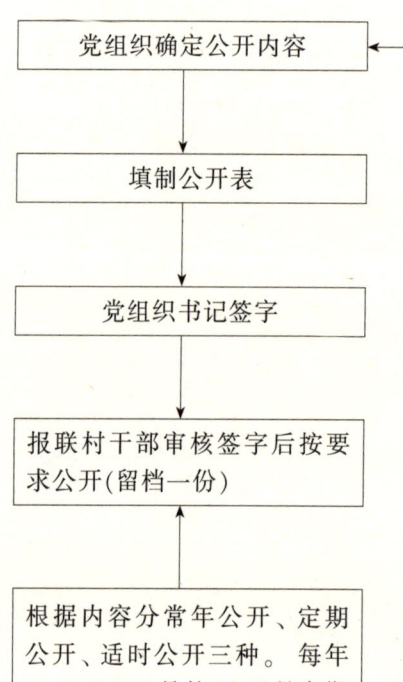

15. 村务公开流程图

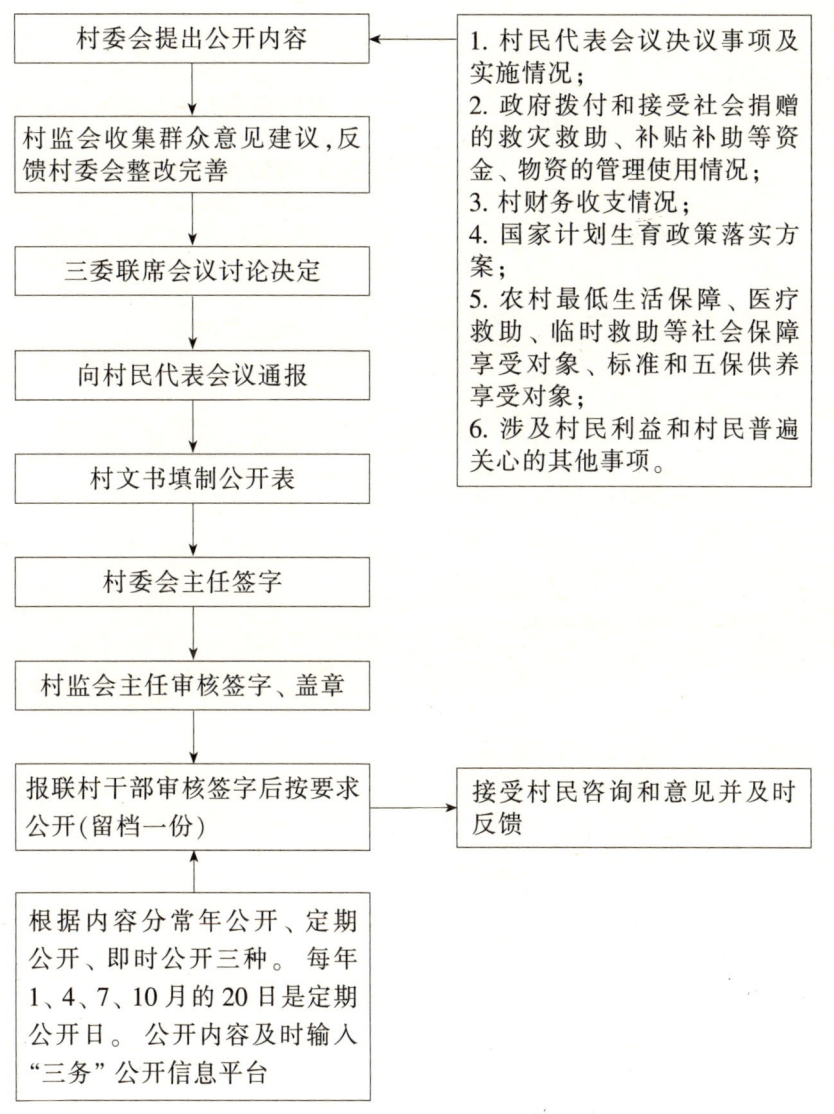

16. 财务公开流程图

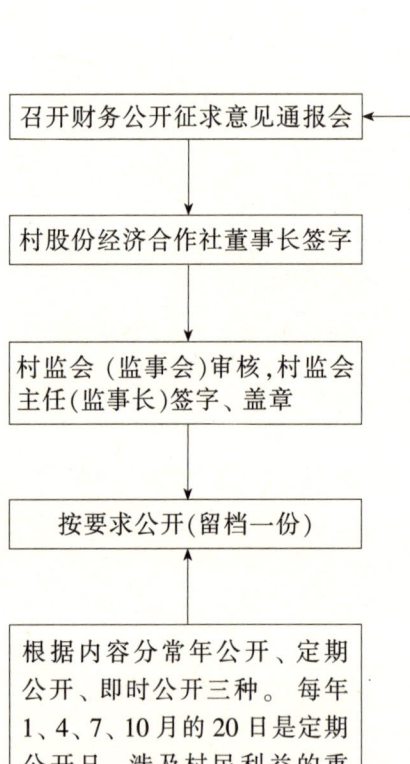

财务公开资料：
1. 会计科目余额表；
2. 村级财务收入、支出明细公开表；
3. 村级债务、债权明细公开表；
4. 村级管理费用明细公开表；
5. 干部报酬、招待费逐笔公开表；
6. 村（社）出纳账；
7. 按规定需公开的其他村级"三资"和财务事项。

召开财务公开征求意见通报会

村股份经济合作社董事长签字

村监会（监事会）审核，村监会主任(监事长)签字、盖章

按要求公开(留档一份)

根据内容分常年公开、定期公开、即时公开三种。每年1、4、7、10月的20日是定期公开日，涉及村民利益的重大"三资"管理事项即时公开，公开内容要及时输入"三务"公开信息平台

六、村级集体资源和资产管理事项

17. 集体资源性资产处置(发包、租赁、合资、合作)流程图

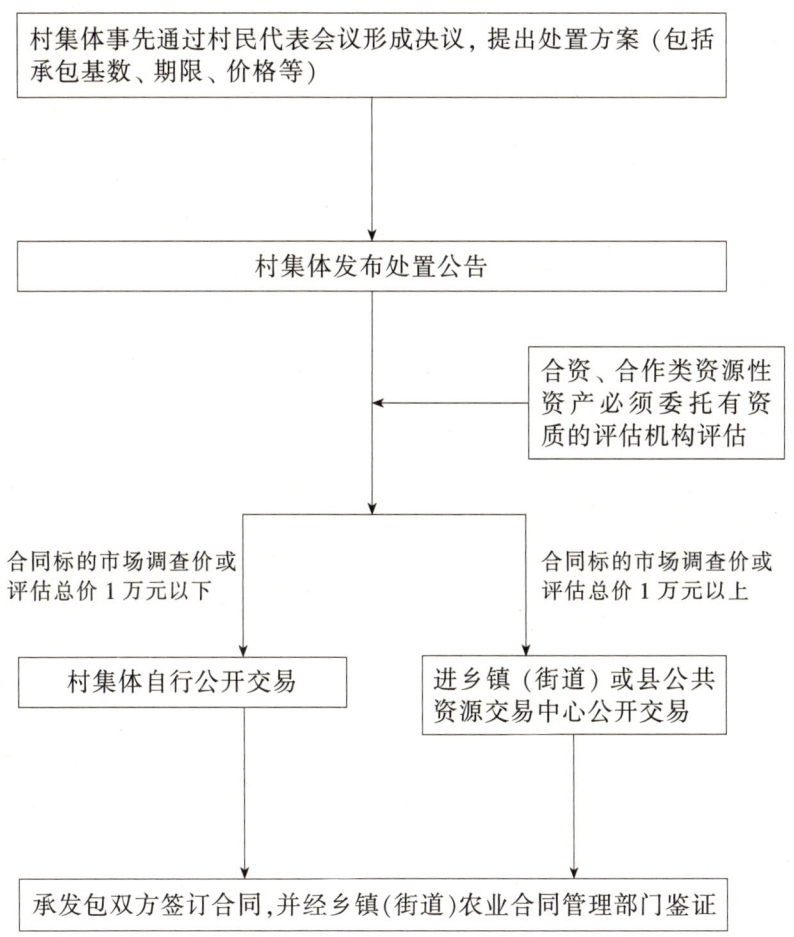

18. 财产物资管理流程图

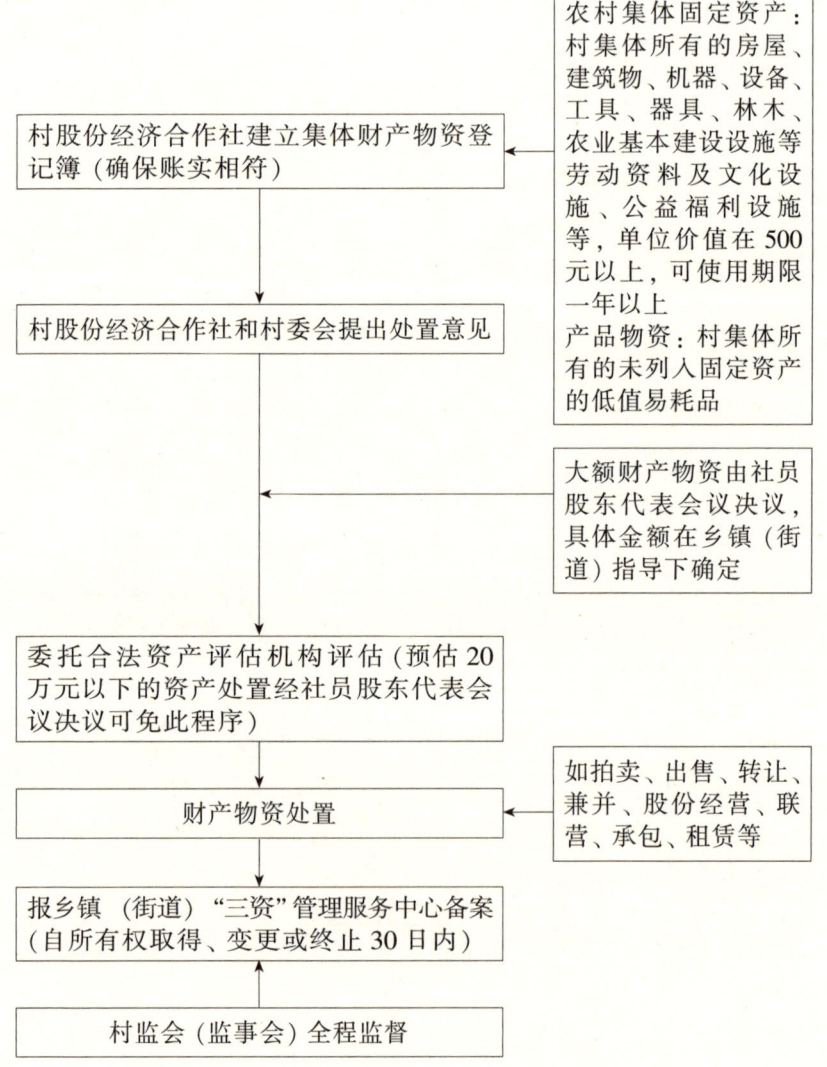

19. 集体土地征收及征收款发放流程图

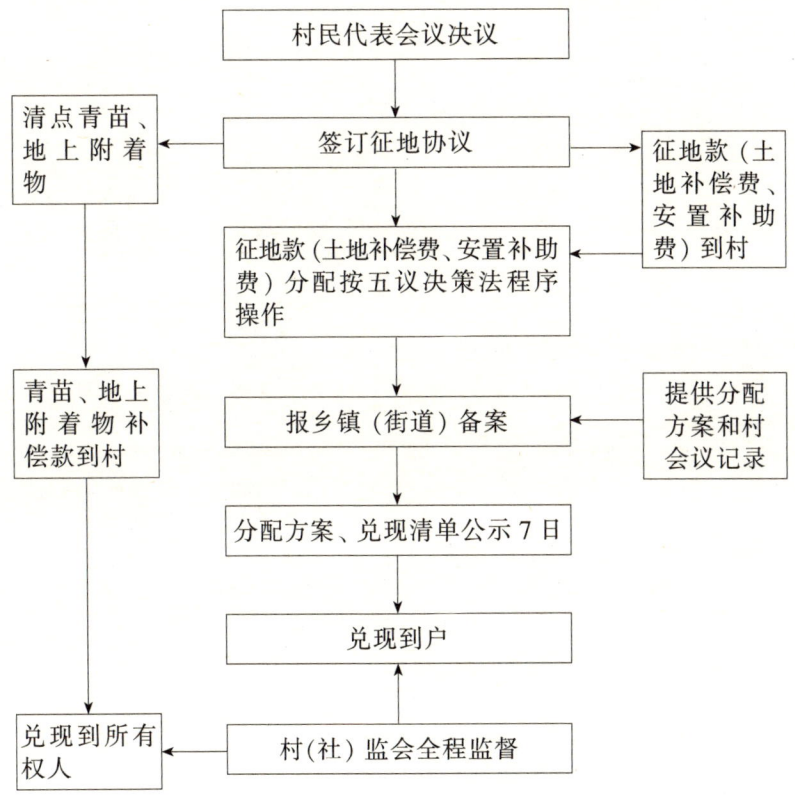

七、村民宅基地申请事项

20. 农村宅基地审批流程图

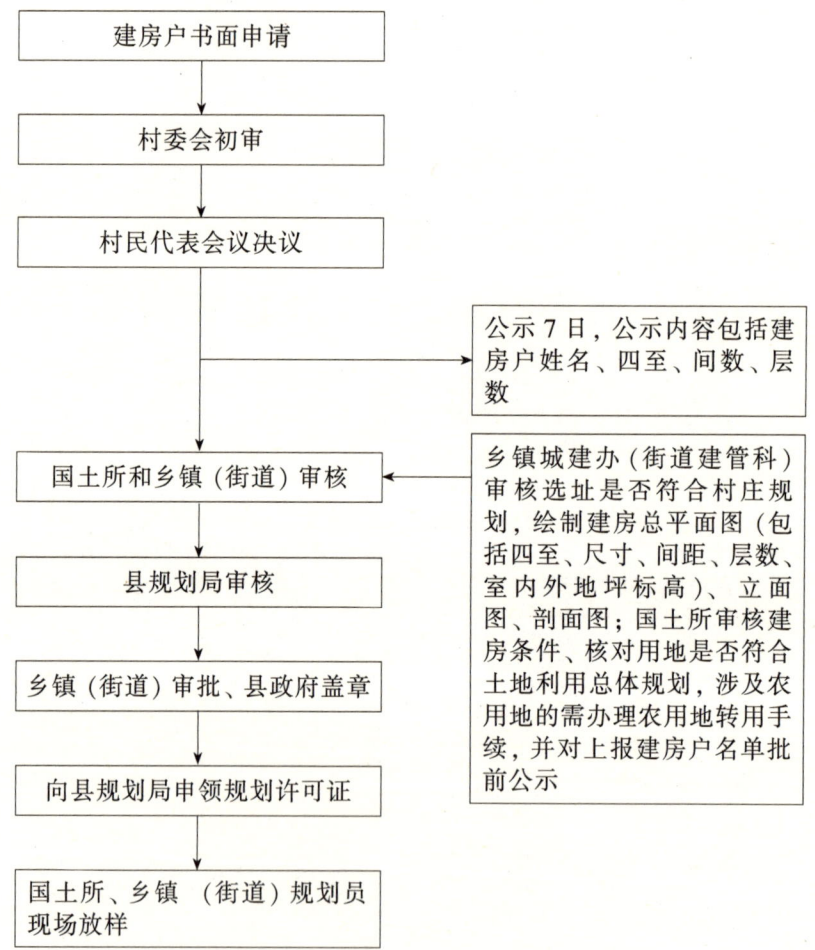

八、村民救助、救灾款申请事项

21. 低保(五保)申请流程图

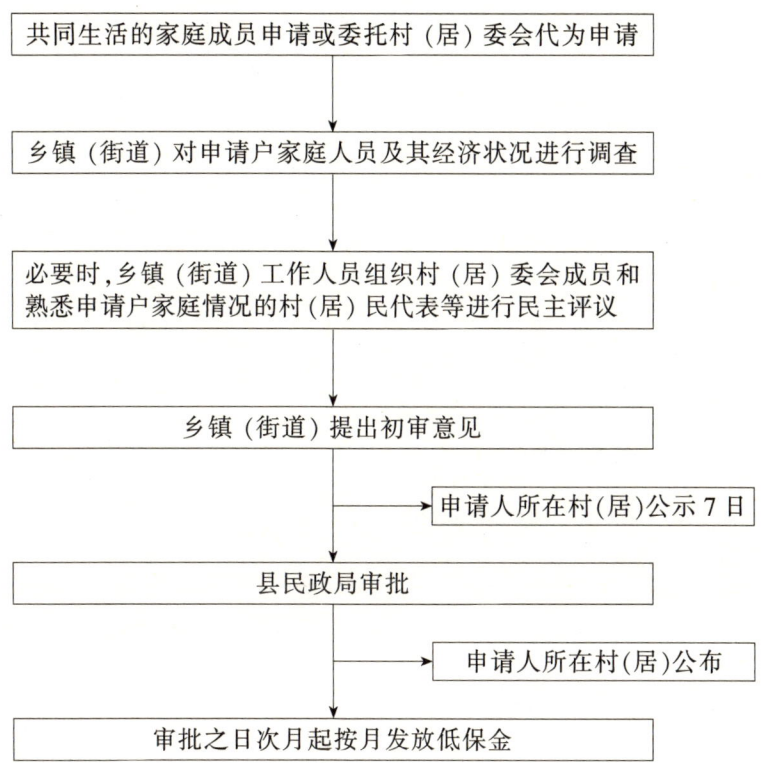

22. 救灾、救济款物发放流程图

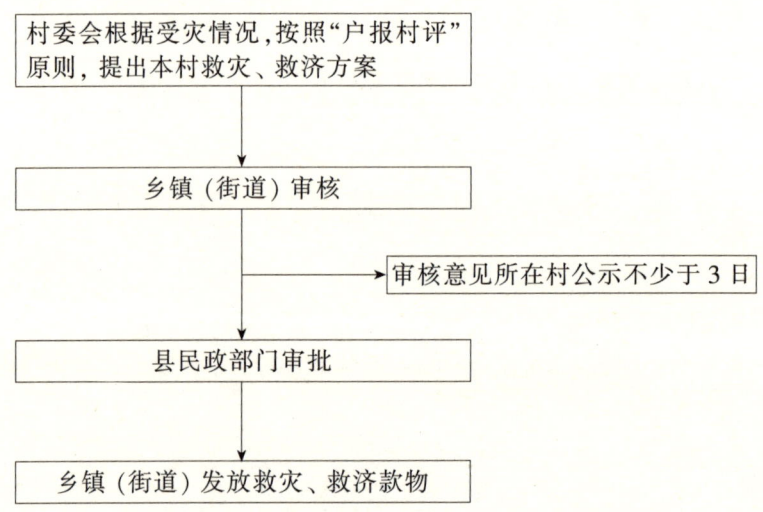

23. 被征地农民基本生活保障参保登记办事流程图

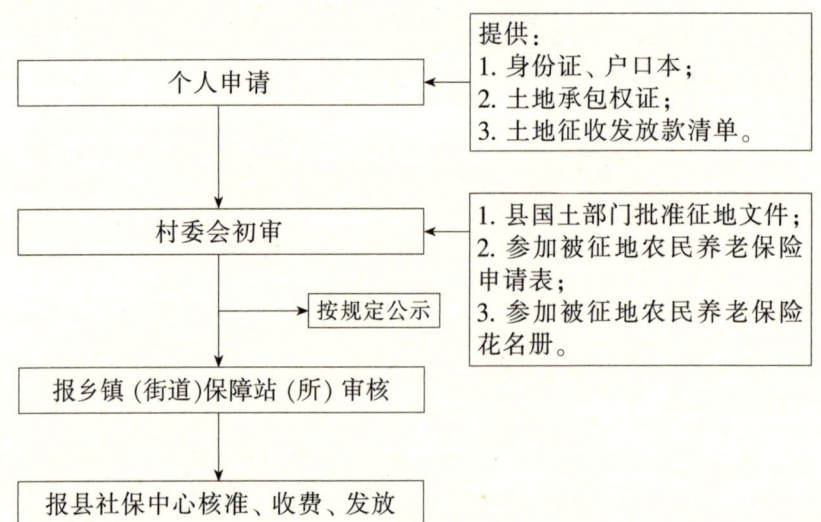

24. 困难救助申请流程图
(1) 医疗、临时救助申请

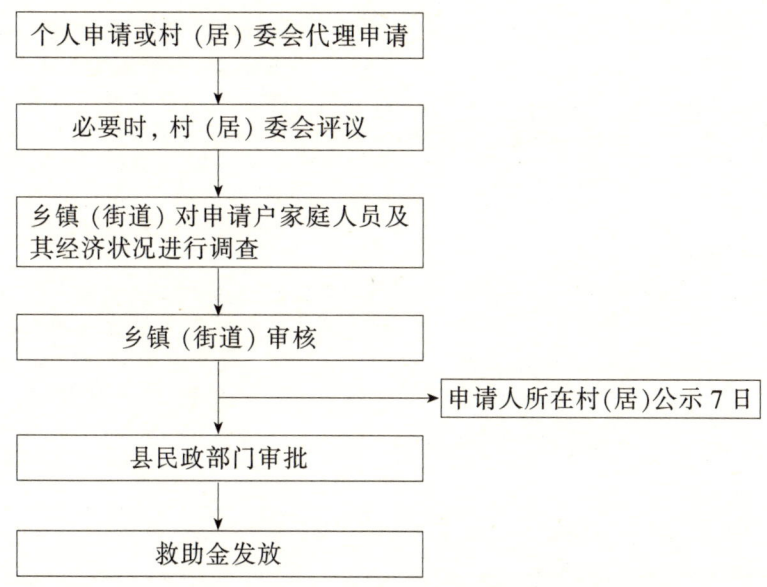

(2) 慈善大病、特困救助

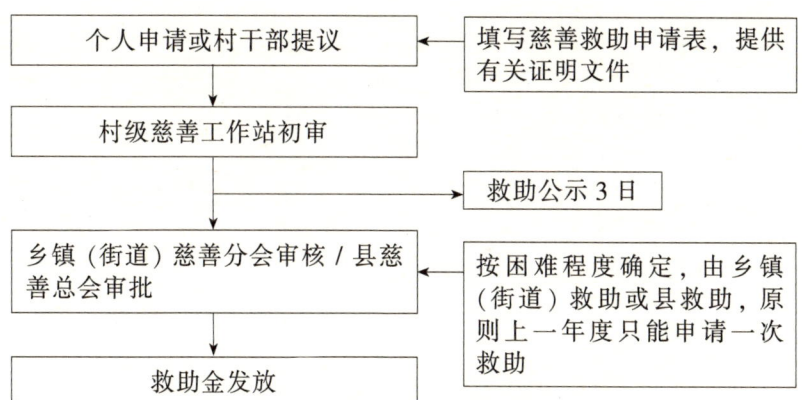

25. 残疾人两项补贴申请流程图
(1) 困难残疾人生活补贴

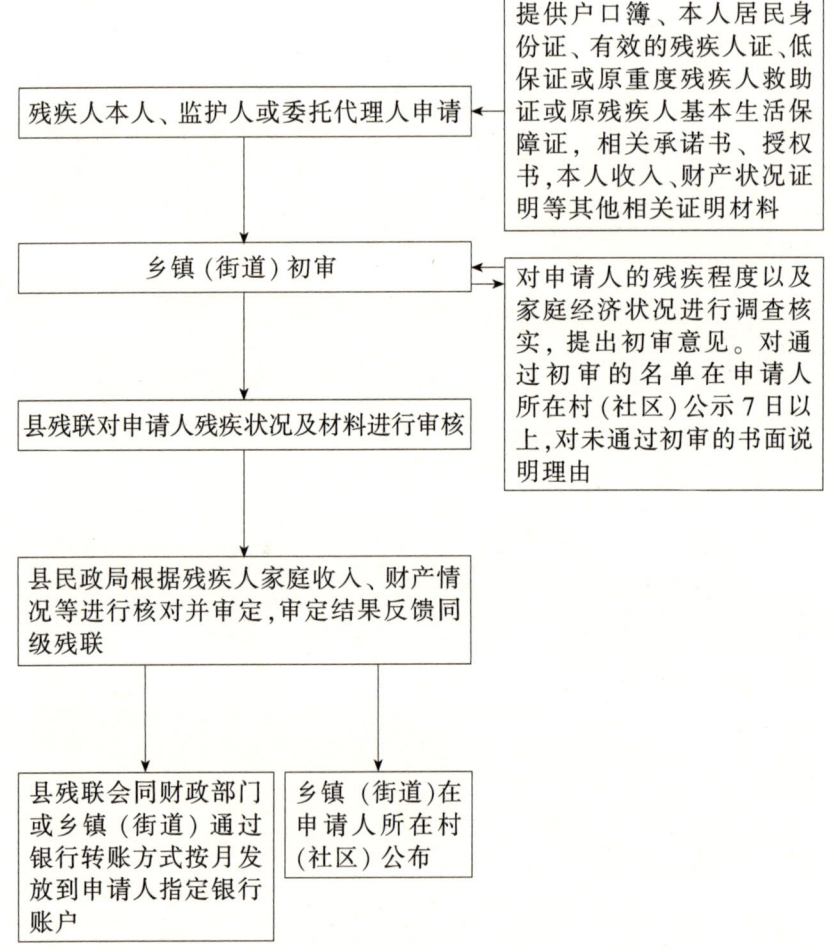

(2) 重度残疾人护理补贴

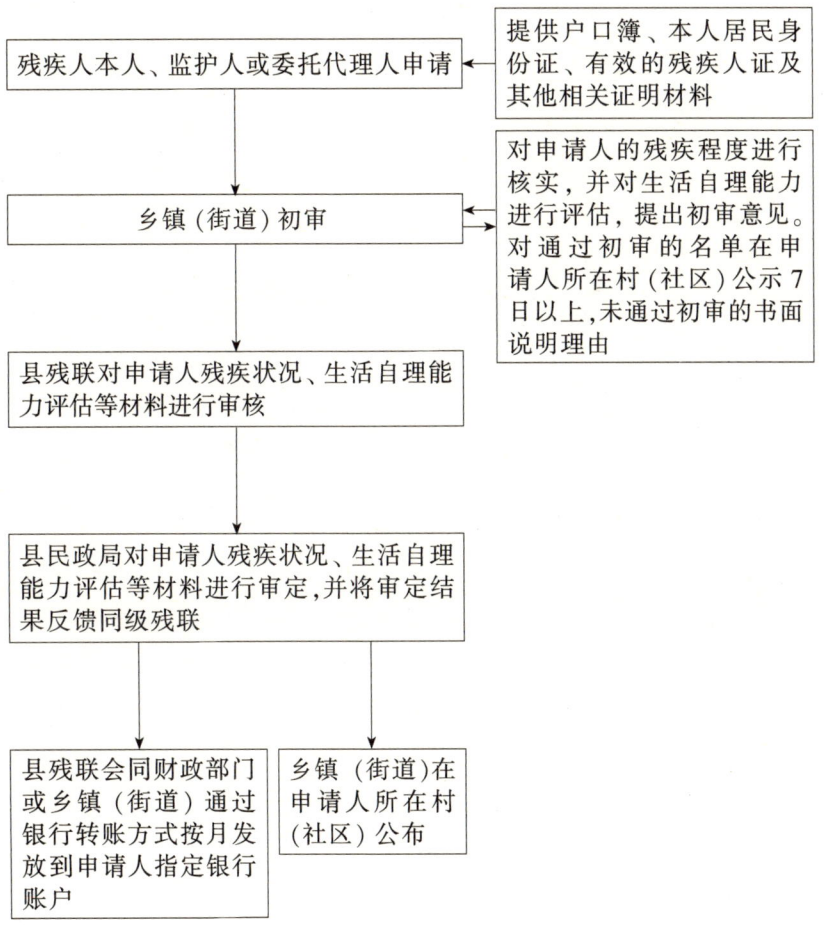

26. 党内关爱基金申领流程图

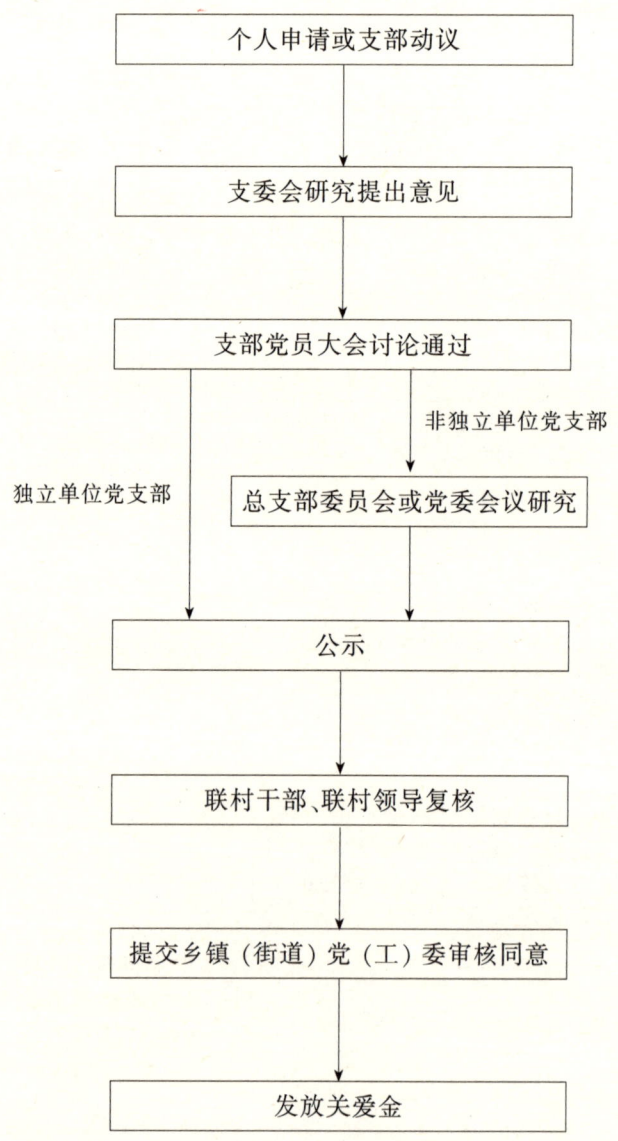

九、村民用章管理事项

27. 印章管理流程图

(1) 村党组织印章管理

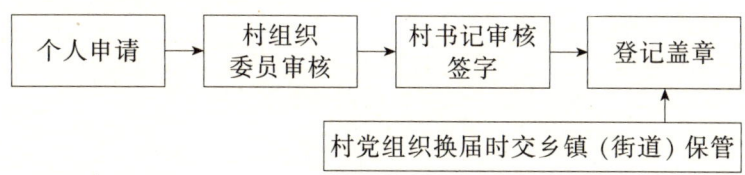

(2) 村委会印章管理

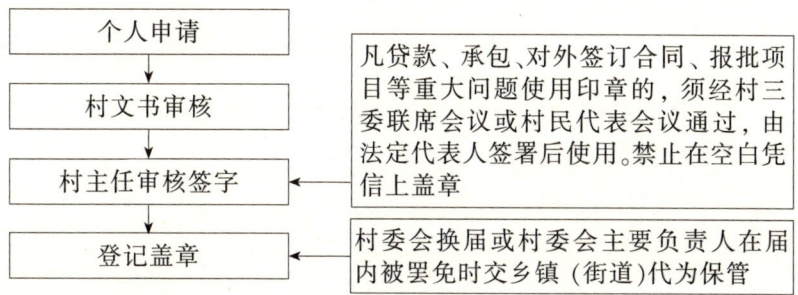

(3) 村股份经济合作社印章管理

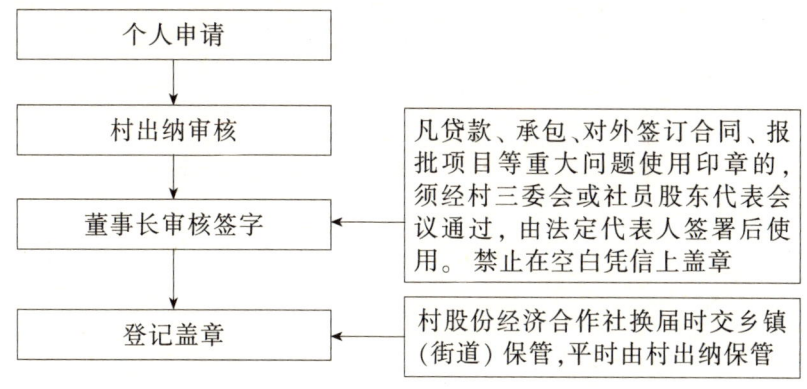

28. 户口迁移流程图

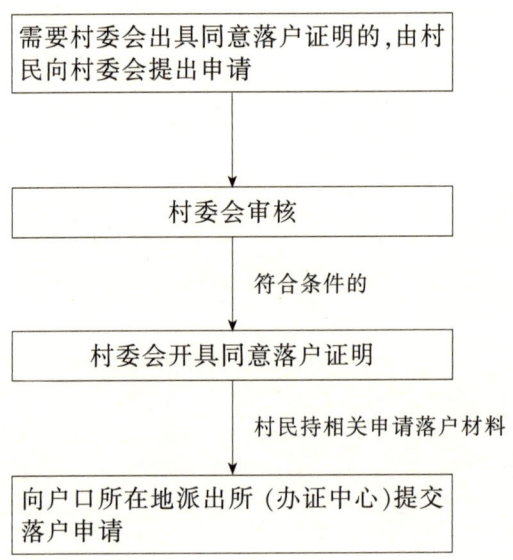

29. 分户流程图

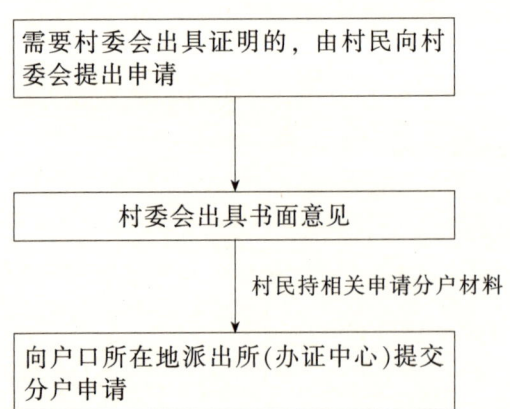

30. 殡葬管理流程图

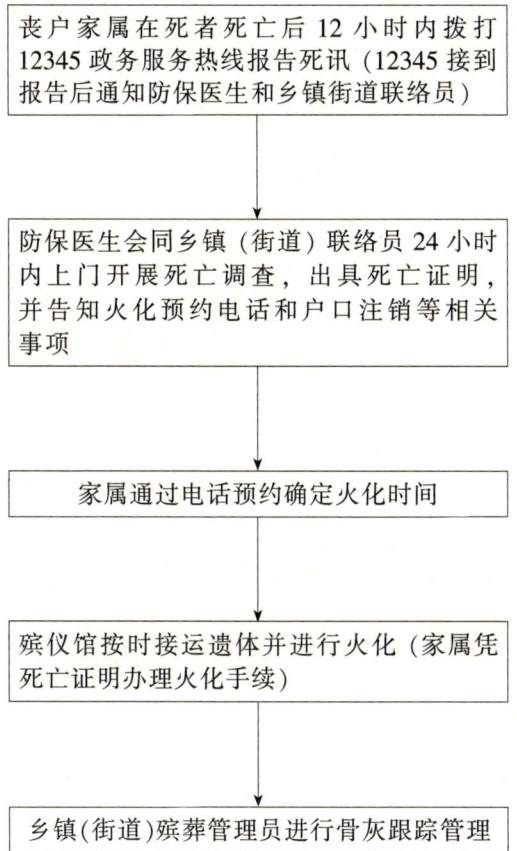

31. 水、电开户申请流程图

(1) 用电开户申请流程图

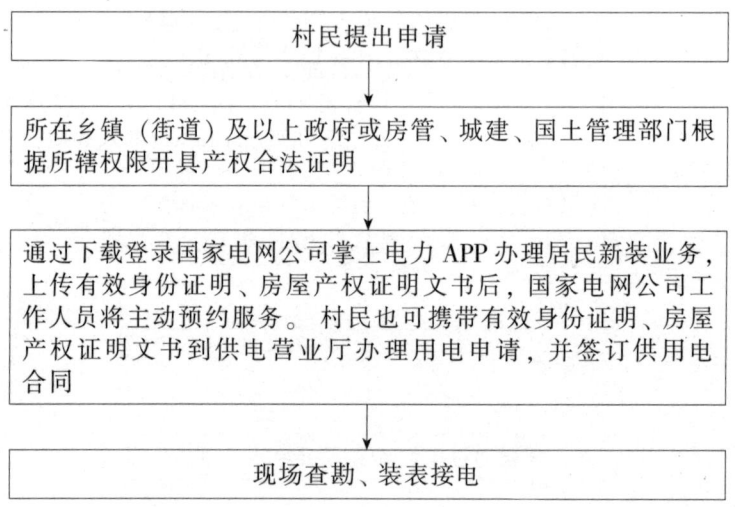

(2) 用水开户申请流程图

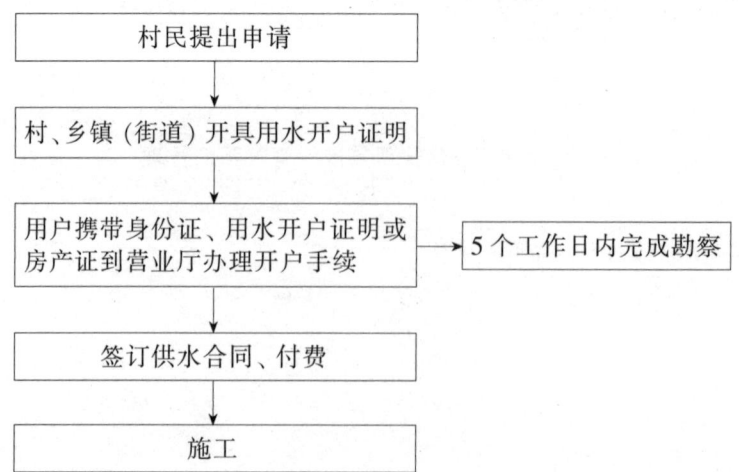

十、计划生育服务事项

32. 流动人口婚育证明办理流程图

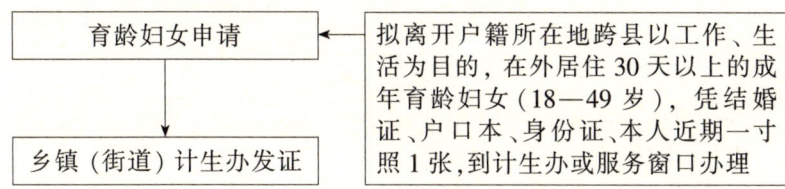

33. 计划生育家庭奖励扶助金发放流程图

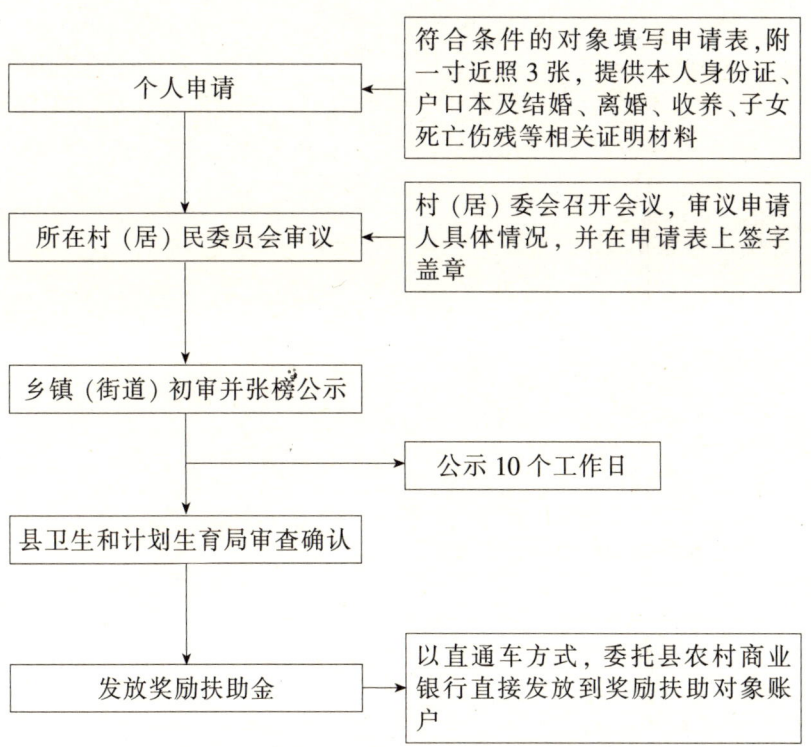

十一、服务村民其他事项

34. 矛盾纠纷调解流程图

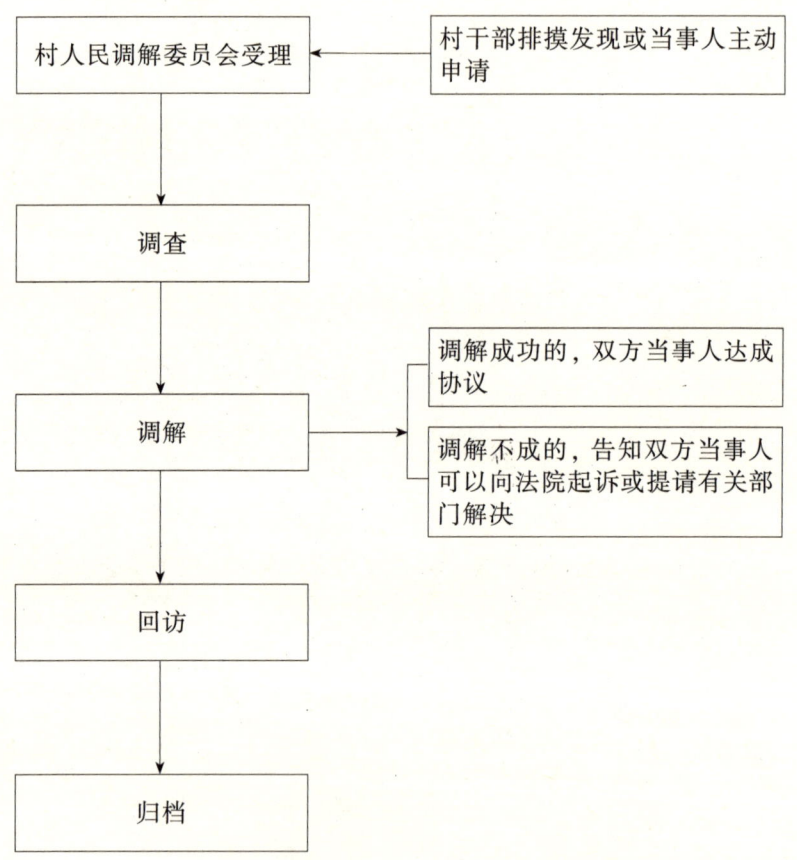

35. 党员组织关系迁转流程图

36. 发展党员工作流程图

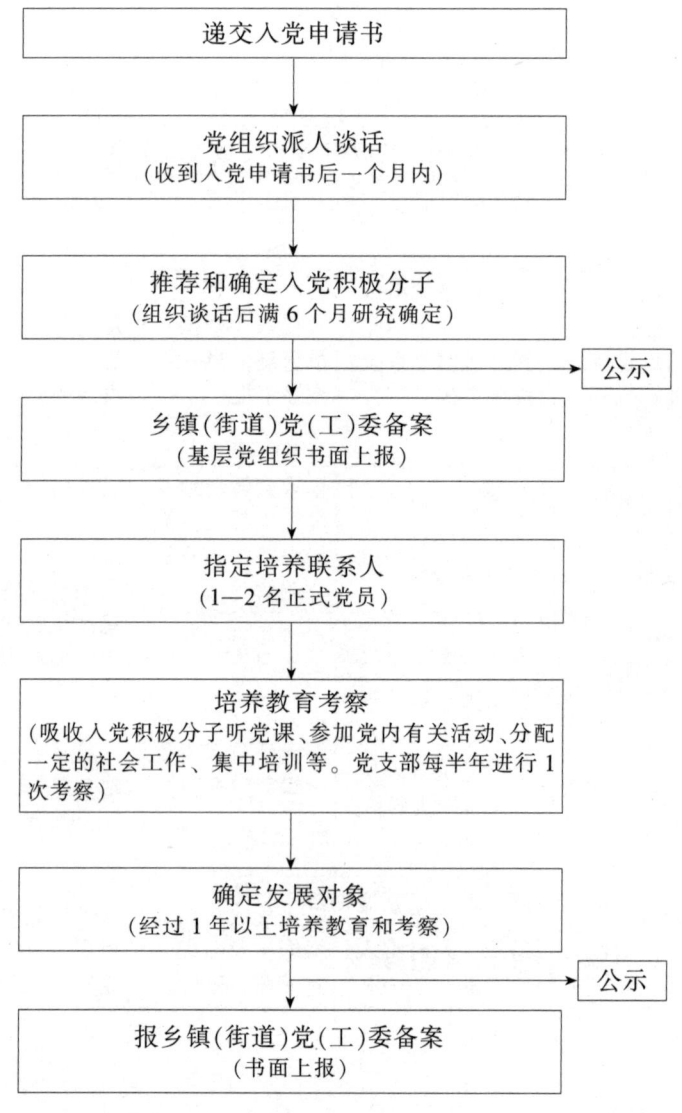

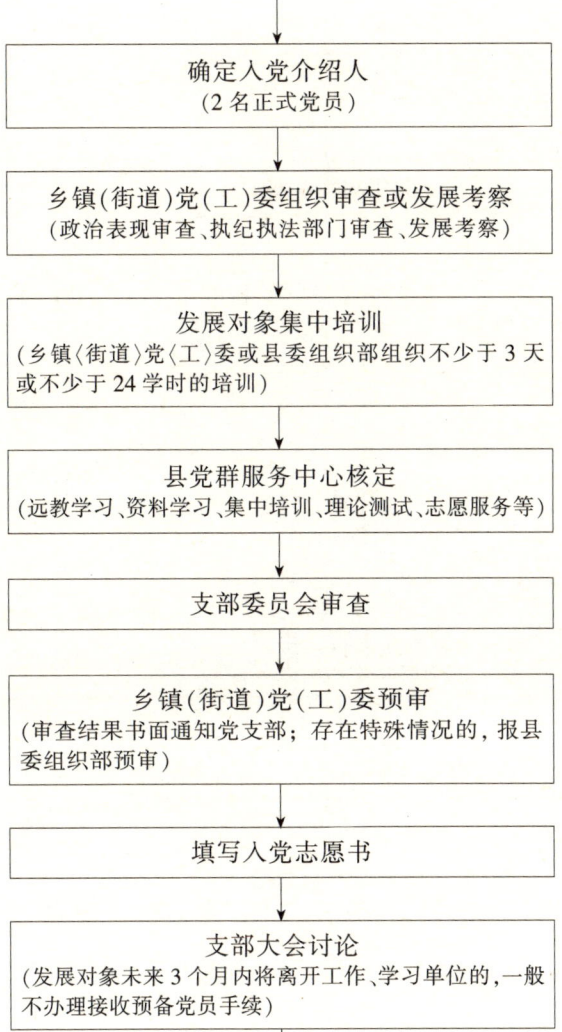

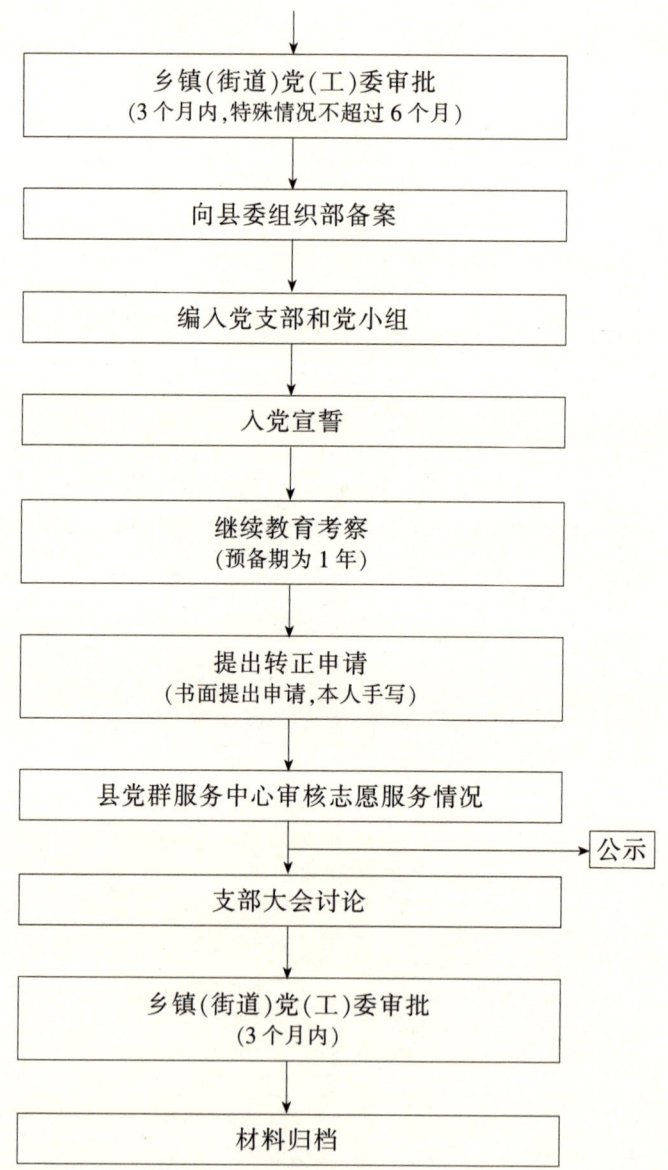

附件1：

惠农补助清单十五条

序号	项目	补助对象	资金补助标准
1	基础设施建设（农林牧产业）	农业企业、农民专业合作社和家庭农场	一般项目5万元以上，重点项目10万元以上（单项最高50万元）。具体见《宁海县林特产业建设项目和资金管理办法》
2	政策性农业保险（共67项）	农业经营主体等	根据不同的品种确定单位最高保额、费率以及中央、市、县保费补贴和农户自缴比例。具体见《关于做好2017年农业性政策保险工作的通知》
3	市级以上生态公益林建设	村集体经济组织、农户、国有单位及其他受益人	按类型40—150元/亩。具体见《宁波市森林生态效益补偿资金管理办法》
4	种粮大户收购环节直接补贴	市定种粮大户和家庭农场	规模种粮100元/亩；种粮大户收购环节每50公斤5—9元。具体见《关于切实抓好2017年粮食产销工作的通知》
5	农机购置补贴项目	直接从事农业生产的个人和农业生产经营组织	根据不同购机种类、档次实行500—240000元/台的定额补贴。具体见《宁海县2015—2017年农业机械购置补贴机具补贴额一览表》
6	水产养殖保险	持有养殖证、养殖日志及承包合同的养殖户	400元/亩，具体组成比例为：市补助30%，县补助30%，投保人40%
7	渔船保险	全部渔船及渔民人身保险保额不超过50万元部分	保额不超过50万元部分，市、县、个人按照2：2：6的比例配套
8	海洋捕捞渔民减船转产补贴	减船转产拆解船舶的所有人	按主机功率，实行定额补助，配套奖励政策，详见《宁海县海洋捕捞渔民减船转产工作实施方案》

续表

序号	项目	补助对象	资金补助标准
9	耕地保护补偿机制	永久基本农田和一般耕地的所有人	60元/亩/年
10	高标准基本农田建设	县内开展的高标准基本农田建设项目	1500元/亩
11	小型农田水利	各类小型民生水利工程	根据项目需要资金量来确定
12	小流域治理	从2015年开始的小流域治理工程	根据项目需要资金量来确定
13	低收入农户生产型帮扶	对全县家庭年人均收入在11016元以下的低收入农户实施生产帮扶	3000—5000元/户
14	资源型机耕路及村内道路建设	家庭农场、专业合作社、农业企业和村集体经济组织等	5万—12万元/公里
15	农村劳动力培训	农业领域从业、创业人员	农村实用人才1000元/人,双证制800元/人,新型职业农民1000—5000元/人……

附件2：

村务监督委员会履职规范

村务监督委员会是各村执行《宁海县村级小微权力清单三十六条》和村干部廉洁履行职责的专门监督组织，在村党组织领导下对村级事务实施监督。

一、村务监督职责

1. 对村民会议和村民代表会议决议执行情况，重大事项民主决策情况，村务公开和民主理财情况，村级各项收支、集体土地征收征用、工程项目招投标等村务管理执行情况进行监督。

2. 完成村党组织和村民会议或者村民代表会议授权监督的事项，支持和配合村级组织正确履行职责，带头遵守村规民约。

3. 主动收集和受理村民意见建议，实事求是、客观公正地向村党组织和村委会或上级组织反映。

二、村务监督权力

1. 知情权。列席村民委员会会议，了解掌握村务决策和管理执行情况。

2. 质询权。对村务事项和村干部履职情况开展询问质询。

3. 审核权。对村务、财务公开情况和财务报账前的原始凭证进行审核。

4. 建议权。围绕村务事项提出建议。疑难事项直接向上级汇报。

三、村务监督流程

严格按照《宁海县村级小微权力清单三十六条》流程图来监督，组织发动群众做到全过程监督。

1. 收集民意。通过村务评说会、周二集中办公、上门走访、聊天长廊等形式广泛收集村民意见建议，确定监督事项。

2. 调查分析。围绕监督事项开展调查分析，调研结果和工作建议要及时向村党组织和村民委员会反映。

3. 监督落实。提出监督意见，及时发现和纠正存在的问题。

4. 通报反馈。通过公开栏、召开会议、个别反馈等形式公布监督结果。

四、村务监督工作制度

1. 工作例会制度。一般每月一次会议，采取少数服从多数原则。

2. 学习培训制度。应参加村级组织和上级组织召集的学习培训活动。

3. 工作报告制度。每年应向村民会议或村民代表会议报告工作。

4. 民主评议制度。每年接受村民会议或村民代表会议至少一次民主评议，评议结果向村民公布。

5. 工作记录制度。每次工作都应认真、如实记录，以备查阅。

6. 申诉救助制度。因工作需要，可直接向乡镇（街道）反映情况。

注：

一、村民代表会议职责权限：会议由村党组织或村委会召集，每季度至少一次。会议应有三分之二以上的组成人员参加，所作决定经到会村民代表会议组成人员的过半数同意。村监会成员列席。

二、三委联席会议职责权限：会议由村党组织书记或书记委托的党员村委会主任或副书记召集并主持，党支部、村委会和村股份经济合作社三套班子成员参加会议，村监会主任列席。会议须有过半数成员参加，所作决定经到会三委会成员过半数同意。同时，组织实施三委联席会议和村民（社员股东）代表会议决议。重大集体资产资源处置须经村民（社员股东）代表大会应到成员三分之二以上通过，并在乡镇（街道）指导下操作，参照招投标管理办法执行。

三、村干部廉洁履行职责行为规范：

1. 坚决执行上级工作部署和村级组织工作分工。
2. 坚持村级事务流程化管理，遵守集体资产资源管理规定。
3. 严格按程序办事，不优厚亲友，不吃拿卡要，不在服务群众时违规收费。
4. 坚持村务公开，按时公开群众关心、关注的事项。
5. 遵守社会公德，不传播谣言、发泄私愤或发布不实言论。
6. 严格执行村级财务管理制度。
7. 密切联系群众，讲究工作方法。
8. 严格遵守招投标规定，不准擅自决定工程建设项目。

9. 厉行节约，不准大操大办或借机敛财，不准用公款旅游、娱乐，不准挥霍浪费公共财物。

10. 严格遵守组织纪律，崇尚科学，移风易俗。

四、本清单或未尽事宜由有关部门负责解释，具体由各乡镇（街道）指导落实。

五、以前编印的相关规定与本清单规定不一致的，以本规定为准。

图书在版编目(CIP)数据

权力清单:三十六条 / 简平著. —杭州:浙江文艺出版社,2018.8
ISBN 978-7-5339-5251-8

Ⅰ.①权… Ⅱ.①简… Ⅲ.①报告文学—中国—当代 Ⅳ.①I25

中国版本图书馆CIP数据核字(2018)第057660号

责任编辑　冯静芳
装帧设计　吴　瑕
责任校对　许龙桃
责任印制　朱毅平

权力清单:三十六条

简平　著

出版	浙江出版联合集团 浙江文艺出版社
网址	www.zjwycbs.cn
经销	浙江省新华书店集团有限公司
印刷	浙江新华数码印务有限公司
制版	浙江新华图文制作有限公司
开本	710毫米×1000毫米　1/16
字数	110千字
印张	13.75
插页	2
印数	1—100000
版次	2018年8月第1版　2018年8月第1次印刷
书号	ISBN 978-7-5339-5251-8
定价	39.00元

版权所有　违者必究
(如有印、装质量问题,请寄承印单位调换)